BASTEI
LÜBBE

Jugendbücher im
Bastei-Lübbe-Programm:

Der Puma und seine Freunde

18 600 Stefan Wolf – Ein vergessener Mord
18 601 Stefan Wolf – Die Henker aus dem Regenwald
18 602 Stefan Wolf – Höllentrio

18 603 Ken Follett – Das Geheimnis des alten Filmstudios
18 604 Ken Follett – Die Power-Zwillinge

KEN FOLLETT

DIE POWER-ZWILLINGE

Ins Deutsche übertragen
von Rheinhard Rohn

BASTEI LÜBBE
JUGENDBUCH

BASTEI-LÜBBE-TASCHENBUCH
Band 18 604

Erste Auflage:
Mai 1994

Deutsche Lizenzausgabe 1994
by Bastei-Verlag Gustav H. Lübbe
GmbH & Co., Bergisch Gladbach
Originaltitel: The Power Twins
Lektorat: Rainer Delfs

Umschlaggestaltung:
Quadro Grafik, Bensberg
Satz: KCS GmbH,
Buchholz/Hamburg
Druck und Verarbeitung:
Ebner Ulm
Printed in Germany

ISBN 3-404-18604-4

Onkel wer?

Ich habe gar nicht gewußt, daß wir einen Onkel Grigorian haben«, sagte Strubbel Price.

»Das ist ein komischer Name«, sagte seine Zwillingsschwester Helen. »Bist du sicher, daß du ihn richtig verstanden hast, Tonne?«

»Nenn mich nicht Tonne«, sagte Tonne.

Die Zwillinge saßen auf einer kleinen Backsteinmauer vor dem *Sonnenblick*, einer Pension, die an der See lag und die von Mrs. Price geführt wurde. Von der Pension hatte man nicht wirklich einen guten Ausblick – es sei denn, man zählte die Reihe von Pensionen mit, die auf der anderen Seite der

Straße lagen. Aber auf jeden Fall war es sonnig, jetzt gegen Ende Juli.

Die Kinder hatten gerade zu Mittag gegessen und überlegten, was sie am Nachmittag anstellen sollten. Sie beobachteten die Leute, die an diesem Samstagnachmittag ankamen. Ihre Autos waren voll beladen mit Koffern, Klappstühlen, Thermoskannen, Eimern und Spaten.

Eigentlich hatten Helen und Strubbel versucht, darüber nachzudenken, wie sie Tonne für den Rest des Tages loswerden konnten. Er war ihr Cousin; er war drei Jahre jünger als sie und eine kleine fette Nervensäge, wie es Strubbel auszudrücken pflegte. Es war immer dasselbe, wenn Tonne seine Sommerferien hier im *Sonnenblick* verbrachte. Zuerst gaben sie sich alle erdenkliche Mühe, nett zu ihm zu sein: Am Abend nahmen sie ihn mit zum Schwimmen, wenn am Strand nicht mehr so viele Leute waren; sie luden ihn ein, mit ihnen Kricket zu spielen, wenn die Sonne schien, und Monopoly, wenn es regnete; und sie zeigten ihm sogar ihre geheime Höhle in den Brombeerbüschen am Kliff, von wo sie die Kaninchen beobachten konnten.

Doch nach ein paar Tagen ging ihnen

seine kindische Art auf den Geist, und sie versuchten, ihn zu ignorieren. Darauf verlangte Tonne jedesmal mit lauter, schriller Stimme, daß sie ihn bei allem mitmachen ließen, und die Zwillinge unternahmen schließlich alle Anstrengungen, ihm zu entkommen.

Sie hatten auch jetzt wieder an Flucht vor Tonne gedacht, als er endlich aus dem Haus trat – diesmal hatte er viel länger als gewöhnlich für sein Mittagessen gebraucht – und verkündete, daß Onkel Grigorian kommen würde. Doch wie meistens, wenn sie mit Tonne redeten, endete es damit, daß sie sich über seinen Spitznamen stritten.

»Ich heiße Jonathan«, sagte Tonne mit Nachdruck.

»Strubbel heißt eigentlich Richard«, entgegnete Helen, »aber er beschwert sich wenigstens nicht.« Strubbel standen an der Stirn ein paar Haarsträhnen in die Höhe, wogegen man nichts ausrichten konnte. Er mochte seinen Spitznamen zwar nicht, aber er war alt genug, um zu wissen, daß die anderen diesen Namen noch häufiger benutzen würden, wenn er viel Aufhebens darum machte.

Es gab eine Zeit, da hatte er Stunden vor dem Spiegel verbracht und hatte versucht, mit Bürsten, Wasser und Gel sein widerspenstiges Haar zu bändigen, aber nichts hatte funktioniert. Mittlerweile war sein Haar an den Seiten so lang, daß er mit seinen hochstehenden Strähnen ein wenig wie Rod Stewart aussah; so jedenfalls mochte er sich ganz gut leiden.

»Außerdem«, sagte Strubbel, »kann ich für meine Haare nichts, aber du könntest abnehmen.«

»Nun, ich habe noch einen anderen Spitznamen«, sagte Tonne und grinste höhnisch.

»Was für einen Namen?«

»Ringo Kid.« Tonne zog eine imaginäre Pistole aus einem imaginären Holster; er erschoß seine Cousine und seinen Cousin und galoppierte auf einem imaginären Pferd zurück zum Haus.

»Verdammter Mist! Noch fünf Wochen diesen Kinderkram«, sagte Strubbel und stöhnte.

»Komm, wir gehen auch rein und finden heraus, was es mit diesem Onkel auf sich hat«, schlug Helen vor.

Sie sprangen von der Mauer und gingen durch den Garten vor dem Haus, der in Wahrheit gar kein Garten war, sondern ein Parkplatz für die Gäste der Pension. Das Haus war voller Gäste; sie liefen mit ihrem Gepäck ein und aus, sahen sich die Badezimmer, den Fernsehraum und den Speisesaal an. Die Zwillinge entdeckten ihre Mutter oben. Sie machte gerade ein Bett.

Ihre Mutter trug einen Nylonpullover und eine Hose, dadurch wirkte sie unscheinbar. Aber wenn sie sich elegant anzog und Make-up auftrug, dann sah sie recht attraktiv aus. Sie sagte dann immer, daß sie einundzwanzig wäre, was Strubbel für eine blödsinnige Irreführung hielt, denn natürlich mußte sie vierzig oder fünfzig oder so sein.

Als die Zwillinge ins Zimmer getreten waren, sagte sie: »Hilf mir bei der anderen Seite des Bettes, Helen. Janice ist unten, und Mrs. Williams sucht sich immer den Samstag aus, um einen ihrer Schwindelanfälle zu kriegen.« Janice und Mrs. Williams gehörten zum Personal der Pension, abgesehen von Frank Käserich, der immer die seltsamsten Arbeiten übernahm und Mrs. Price im Winter manchmal ins Kino ausführte.

Helen begann, das Laken einzustecken, während Strubbel sich dadurch nützlich machte, daß er einen Papierkorb in einen anderen leerte.

»Gibt es wirklich einen Onkel Grigorian, der uns besucht?« fragte Helen.

»Ja, aber ich bete zu Gott, daß er nicht über Nacht bleiben will, denn gerade ist eine Familie eingetroffen, die zwei Kinder mehr mitbringt als angekündigt. Ich habe nicht die leiseste Ahnung, wo ich sie unterbringen soll.«

»Wieso haben wir von diesem Onkel noch nie gehört?« fragte Strubbel. »Wo wohnt er? Und warum besucht er uns?«

Mrs. Price richtete die Kissen und wandte sich dann dem zweiten Bett zu. »Er lebt auf einer Farm in Wales, und ich habe keine Ahnung, warum er herkommt. Er hat gesagt, daß er uns gerne einmal sehen möchte.«

»Aber warum haben wir noch nie von ihm gehört?« wiederholte Strubbel.

Eine hübsche junge Frau trat ein, die nur ein paar Jahre älter als Helen war; sie hielt eine Tasse Tee in der Hand.

»O Janice, dich schickt der Himmel. Genau das habe ich jetzt gebraucht«, sagte Mrs. Price. Sie setzte sich auf die Kante des Bettes und rührte in ihrem Tee, während die Zwillinge geduldig darauf warteten, daß sie die Sache mit ihrem geheimnisvollen Onkel erklärte.

»Wir sind ihm nur einmal begegnet«, begann sie. »Das war auf der Beerdigung eures Vaters. Ihr werdet euch nicht daran erinnern.« Ihre Stimme hatte einen energischen, geschäftsmäßigen Tonfall angenommen, was immer geschah, wenn sie vom Vater der Kinder sprach. Er war bei einem Autounfall umgekommen, als die Zwillinge noch klein gewesen waren. Von dem Geld der Lebensversicherung hatte Mrs. Price die Pension erworben.

»Euer Vater hat nie so genau gewußt, wie viele Brüder er eigentlich hatte«, fuhr sie fort. »Wie ihr wißt, hat sich seine Familie in Polen während des Krieges aus den Augen verloren. Sie sind in alle Winde verstreut worden. Euer Daddy war mehr oder minder eine Waise, als er hier ankam, und er hat nie wieder etwas von seiner Familie gehört. Nun, als er starb, hat Onkel Grigorian eine Notiz in einer Zeitung entdeckt und ist zur Beerdigung gekommen. Damals hat er in Deutschland gewohnt, er war aber zufällig auf einer Geschäftsreise in England gewesen. Er war sehr nett zu mir. Er hat mir sogar finanzielle Hilfe angeboten, die ich aber nicht brauchte. Nach der Beerdigung habe ich ihn nicht wiedergesehen. Nun aber sieht es so aus, als würde er in England leben und uns gern einmal wieder besuchen. Ich kann mich gar nicht mehr erinnern, wie er aussieht.«

Hinterher gestand Strubbel seiner Schwester, daß diese Erklärungen Onkel Grigorian nur noch geheimnisvoller gemacht hatten.

Wie sich herausstellte, hatte Onkel Grigorian ganz komische Daumen. Das jedenfalls fiel Helen zuerst an ihm auf. Die Daumen wuchsen ihm statt an der Seite mitten aus der Hand. Nachdem Helen sie darauf hingewiesen hatte, erklärte Tonne, daß Onkel Grigorian ein Mann aus dem Weltall wäre, und dann begann er, Strubbel mit einer imaginären Strahlenpistole zu beschießen.

Aber abgesehen von seinen komischen Daumen erwies sich Onkel Grigorian als ein Onkel, wie er sein sollte. Er hatte einen Vollbart und freundlich funkelnde Augen. Er trug einen Anzug mit einer Weste und war ziemlich klein.

Strubbel interessierte sich mehr für den Wagen von Onkel Grigorian; es war ein roter Triumph. Er erklärte, daß der Wagen einen Einspritzmotor hätte und abginge wie eine Rakete.

Helen erwiderte: »Frank Käserich sagt, daß ein Wagen so gut ist wie der andere, solange der Motor anspringt, wenn man ihn anläßt, und er nicht ausgeht, bevor man ihn nicht abstellt.«

»Das kommt nur daher, daß er einen alten gebrauchten Ford fährt. Er hat noch weniger Ahnung von Autos als du«, entgegnete Strubbel. Die Zwillinge stritten sich ziemlich viel, und obwohl sie es niemals zugegeben hätten, legten sie sich besonders dann ins Zeug, wenn Tonne dabei war, um ihn zu verscheuchen.

Aber jetzt konnten sie sich nicht weiterstreiten, denn Janice tauchte auf und rief sie zum Tee. Die Familie trank im *Sonnenblick* immer recht früh Tee, so daß sie damit fertig waren, wenn den Gästen um halb sieben das Abendessen serviert wurde. Heute gab es zu Ehren von Onkel Grigorian Schinken und Salat, und Onkel Grigorian langte auch bei den neuen Kartoffeln kräftig zu und aß mindestens zwölf Stück.

Während er Tee trank und sich über Brot, Butter und Honig hermachte, erzählte er ihnen von seiner Farm. »Eigentlich ist die Farm ein halber Berg«, sagte er und lächelte. »Ich habe ein paar hundert Schafe, deren Aufgabe es ist, das Gras kurz zu halten. Ich halte auch einige Schweine, die überhaupt keine Arbeit machen, wenn sie nicht gerade abhauen. Dann sind sie wahre Teufel und schwer einzufangen.«

Helen mußte bei der Vorstellung kichern, wie der kleine, dicke Onkel Grigorian über seine Farm watschelte und versuchte, ein ausgerissenes Schwein einzufangen.

Nach dem Essen krempelte er die Ärmel seines Hemdes hoch, band sich eine Schürze mit einem Blumenmuster um und bestand darauf, den Abwasch zu erledigen. Die Kinder halfen ihm, den Tisch abzuräumen, daher hörten sie, wie er zu Mrs. Price sagte: »Ich habe ein Zimmer im Grand Hotel unten an der Promenade.«

»Es tut mir leid, daß ich dir kein Bett bei uns bieten kann«, erwiderte sie. »Aber wir sind voll belegt...«

»Aber natürlich seid ihr um diese Jahreszeit voll belegt.«

»Eigentlich sind wir sogar mehr als ausgebucht. Ich könnte in dieser Woche noch ein Zimmer gebrauchen. Ich weiß immer noch nicht, wo ich die beiden zusätzlichen Gäste unterbringen soll, die noch gekommen sind.«

»Wirklich?« Onkel Grigorian schien das recht interessant zu finden. »Eigentlich paßt das sehr gut zu meinen

Plänen – wenn du mit ihnen einverstanden bist.«

Mrs. Price hörte damit auf, kandierte Früchte in Dessertschalen zu füllen, und schaute ihn an.

»Ich habe mich schon gefragt«, sagte Onkel Grigorian, »ob die Zwillinge gern mit zu mir kommen und ein paar Tage auf der Farm bleiben würden. Ich würde sie gerne besser kennenlernen, nun, da ich hier in England lebe. Außerdem müßtest du dich nicht um sie kümmern, wo du jetzt so viel zu tun hast. Und du hättest dann auch das Extra-Zimmer, das du so dringend brauchst.«

Mrs. Price standen die Zweifel im Gesicht geschrieben. »Ich fürchte, sie können Jonathan nicht allein lassen. Er macht hier Ferien, und es wäre sehr unhöflich von ihnen, wegzufahren und ihren Cousin sich selbst zu überlassen.«

»Tonne kann auch mitkommen«, sagte Grigorian. »Mir würde im Traum nicht einfallen, ihn hier sitzenzulassen.«

»Dann muß ich meine Schwester fragen.«

»Hat sie ein Telefon?«

»Ja. Ich werde sie anrufen.«

Während Mrs. Price zum Telefon ging, wandte Onkel Grigorian sich an die Kinder. Er sprach mit einem leichten fremden Akzent, der stärker zutage trat, wenn er mit ihnen redete. »Was haltet ihr von dieser Idee?« fragte er. »Ihr müßt es mir sagen, wenn es euch nicht gefällt. Ich habe schließlich nur eine einfache Farm. Ihr könnt mir helfen, die Schafe zusammenzutreiben, und ihr könnt Traktor fahren und über die Felder laufen. Und wenn ihr euch besonders kräftig fühlt, dann können wir in die Berge gehen. Ihr könnt auch solange bei mir bleiben, wie ihr wollt. Wenn es euch zu langweilig wird, dann bringe ich euch sofort zurück.«

»Das klingt toll!« rief Helen, die ganz verrückt auf Tiere war.

»Finde ich auch«, mischte sich Strubbel ein. Er wäre tausend Meilen gelaufen, um einmal Traktor fahren zu können.

»Ich auch«, sagte Tonne, der natürlich nicht wollte, daß er bei irgendeiner Sache nicht dabei war. Mrs. Price kehrte in die Küche zurück. »Jonathans Mutter freut sich darüber«, sagte sie. »Hast du ein Telefon, Grigorian?«

»Natürlich. Und ich sorge auch dafür, daß die Kinder dich jeden Abend anrufen.«

»Oh, das wird gar nicht nötig sein,

solange ich euch anrufen kann. Wann willst du denn fahren?«

»Nun, du brauchst dieses Zimmer doch schon heute abend, nicht wahr?«

»Ja, schon, aber du hast doch ein Zimmer im Grand Hotel ...«

»Mach dir darüber mal keine Sorgen. Ich mochte das Hotel ohnehin nicht. Wenn die Kinder rasch ihre Sachen zusammenpacken, dann können wir heute abend um zehn Uhr auf meiner Farm sein.«

Und so einfach begann das ganze, einfach unglaubliche Abenteuer.

Was für eine Farm – was für ein Farmer!

Das Blöken eines Schafes weckte Strubbel. Er sah sich um; er erblickte die weiße Wand, das kleine Fenster und das riesige Doppelbett, in dem er lag, und da fielen ihm die Ereignisse des gestrigen Tages wieder ein.

In Rekordzeit hatte er seinen Koffer gepackt, er hatte eine Jeans hineingeworfen, einen Parka, Gummistiefel, falls es regnen sollte, sowie ein paar Pullover und Unterwäsche.

Die Fahrt in dem Triumph war einfach toll gewesen. Onkel Grigorian schien noch nie etwas von Geschwindigkeitsbegrenzungen gehört zu haben, und auf der Autobahn waren sie mehr als hundertdreißig gefahren.

Nachdem sie auf der Farm angekommen waren, hatten sie erst einmal etwas Heißes getrunken und sich über einen Haufen Schokoladenkekse hergemacht; danach waren sie alle zu Bett gegangen. Zuletzt hatte Strubbel noch gedacht, wenn alle Onkel so waren, so mit Geschwindigkeitsbegrenzungen und Schokoladenkeksen umgingen, dann hätte er gern eine Menge mehr davon.

Jetzt sprang er aus dem Bett und ging zu dem kleinen Fenster. Im Schlafzimmer war es recht kühl, doch draußen war es wieder ein sonniger Tag. Das große Farmhaus lag an einem Hang. Man blickte den Berg hinunter. Strubbels Schlafzimmer wies nach hinten hinaus, so daß der Hof auf einer Ebene mit dem Schlafzimmer lag, obschon man eine Treppe hinuntersteigen mußte, um vorne aus dem Haus zu treten.

Der Hof wurde von alten, ziemlich verfallenen Steingebäuden gesäumt. Dahinter wuchs karges Gras und erstreckte sich bis zum Kamm des kleinen Berges – oder des großen Hügels, ganz wie man es betrachtete.

Strubbel ging zu dem Waschbecken in der Ecke und spritzte sich etwas Wasser ins Gesicht, nur soviel, daß er behaupten konnte, er hätte sich gewaschen, wenn ihn jemand danach fragte. Aber er hatte das Gefühl, als würde Onkel Grigorian nicht auf den Gedanken kommen, ihn zu fragen.

Als Strubbel hinunterging, entdeckte er, daß die anderen schon auf waren und kräftig bei dem Frühstück zulangten, das ihnen eine fette, aber recht flinke Frau gebracht hatte, die Mrs. Rhys hieß.

Onkel Grigorian erklärte: »Mrs. Rhys kümmert sich um das Haus, und ihr Mann sieht nach der Farm.«

»Was tust du denn dann?« fragte Tonne, der immer solche Dinge sagte.

Onkel Grigorian lachte. »Ich habe vor, euch davon den Rest des Tages zu erzählen«, sagte er. »Aber eßt jetzt auf.«

Strubbel gelangte zu der Überzeugung, daß die Leute auf einer Farm wohl eine Menge essen. Mrs. Rhys brachte ihm einen riesigen Teller mit Speck, Wurst, zwei Spiegeleiern, Bohnen, Tomaten, Pilzen und getoastetem Brot.

Onkel Grigorian steckte sich eine Pfeife an, während die anderen ihr Frühstück aufaßen. »Heute ist ein Tag voller Überraschungen«, sagte er. »Aber zuerst muß ich halten, was ich versprochen habe. Also, Fahrstunden für Strubbel und Tonne, und Helen darf einen Blick auf die Schafe werfen.«

Helen ging mit Mr. Rhys den Berg hinauf. Mr. Rhys war ein großer Waliser, der eine Mütze und Gummistiefel trug. Strubbel und Tonne dagegen begaben sich auf den Hof der Farm.

Onkel Grigorian öffnete das Tor einer Scheune, und dahinter befand sich ein Traktor, der zwar rot war, aber auch über und über mit Schmutz bedeckt. Onkel Grigorian ließ Strubbel auf den Fahrersitz klettern und zeigte ihm, wie man die Gänge einlegte. Dann startete er den Motor.

»Und los geht es!« rief er über das Dröhnen des Motors.

Strubbel schob den Schalthebel nach vorn, und der Traktor rumpelte langsam aus der Scheune in den Hof. Einen Moment später entdeckte er, daß er geradewegs auf eine Steinmauer zusteuerte. Strubbel riß das Steuer herum, was ihm schwerer fiel, als er erwartet hatte, und dann steuerte er den Traktor über den Hof.

Onkel Grigorian öffnete das Tor zur Farm und deutete hindurch. Strubbel lenkte den Traktor zwischen den Torpfosten hindurch und fuhr auf den Weg, der dahinter lag. Die anderen lief hinter ihm her.

Schließlich machte Onkel Grigorian ihm ein Zeichen, daß er anhalten sollte, und Strubbel schob den Schalthebel zurück.

»Nun ist Tonne an der Reihe«, sagte Onkel Grigorian. »Ich wende den Traktor.« Er kletterte schwerfällig hinauf, setzte sich auf den Metallsitz und wendete. Ihm schien es genauso zu gefallen wie Strubbel.

Dann kletterte Tonne hinter das Steuer, und ihm gab Onkel Grigorian dieselben Anweisungen wie Strubbel. Mit einem breiten, freudigen Lächeln auf dem Gesicht fuhr Tonne auf dem Weg zur Farm zurück.

»Ich schätze, der Traktor fährt noch schneller«, sagte Strubbel, als sie halb liefen, halb hinter Tonne hergingen.

»Ja«, sagte Onkel Grigorian und schnaufte. »An einem anderen Tag zeige ich euch, wie man Gas gibt.«

Tonne griff nach einem Hebel über dem Lenkrad. »Nicht berühren!« rief Onkel Grigorian.

Tonne zog an dem Hebel. Plötzlich machte der Traktor einen Satz nach vorn. Tonne taumelte zurück, fast wäre

er seitwärts vom Traktor gefallen. Der Traktor brach heftig zur Seite aus und steuerte den Abhang neben dem Weg hinauf. Onkel Grigorian lief schneller, er holte auf und lief neben dem Traktor, und dann sprang er auf. Er beugte sich an Tonne vorbei und schob den Hebel nach vorn. Der Traktor wurde langsamer, und schließlich gelangten sie auf den Hof der Farm.

»Das sieht dir ähnlich«, keuchte Strubbel, als Tonne vom Traktor kletterte.

Onkel Grigorian lachte. »Ich habe euch nicht gezeigt, wo die Bremse ist, weil ich euch auch den Gashebel nicht gezeigt habe«, sagte er. »Ich habe wohl angenommen, daß ihr ihn von alleine findet.«

»Du konntest nicht wissen, was Tonne für einer ist«, meinte Strubbel.

»Nun ja«, erwiderte Onkel Grigorian. »Ich weiß mehr über euch, als ihr vielleicht glaubt.«

Strubbel wollte gerade fragen, was Onkel Grigorian damit meinte, als Helen zurückkehrte. »Sie sind wirklich wunderbar«, sagte sie. »So weich und verspielt.«

Onkel Grigorian klatschte in die Hände. »Richtig«, sagte er. »Doch nun möchte ich euch etwas zeigen. Hier geht es entlang.«

Er führte die Kinder über den Hof zu einem der Steingebäude. Das Haus war nicht so heruntergekommen wie die anderen. Es hatte zwar keine Fenster, aber die Tür war intakt. Onkel Grigorian öffnete sie mit einem Schlüssel, dann ließ er die Kinder eintreten, schaltete das Licht an und schloß die Tür.

Der Raum sah wie ein modernes Büro aus. Auf dem Boden lag ein grauer Teppich, die Wände waren weiß gestrichen; es gab drei Stühle, einen Schreibtisch, einen Drehstuhl, einen Aktenschrank und eine Schreibmaschine.

»Was ist an einem Büro so besonders?« fragte Tonne auf seine bekannte unverblümte Art und Weise.

»Das wirst du gleich sehen«, erwiderte Onkel Grigorian.

Strubbel fragte sich, warum er um diesen Raum ein solches Aufhebens machte. »Ist das der Platz, wo du arbeitest?«

»In gewisser Weise schon«, antwortete Onkel Grigorian. Er schien entschlossen zu sein, das Ganze sehr geheimnisvoll zu behandeln.

Helen untersuchte die Tür. »Das ist komisch«, sagte sie.

Strubbel ging zu ihr hinüber. »Was denn?«

»Schau, ich kann nicht einmal meinen Fingernagel in die Fuge der Tür schieben. Sie muß sehr gut schließen. Wie kommt hier bloß Luft herein?«

Strubbel betrachtete die ganze Sache genauer. Er berührte die Tür, doch einen Millimeter vor dem Holz hielten seine Finger inne. Die Tür schien mit einer dünnen Schicht Plastik überzogen zu sein. Seine Finger glitten zur Wand. »Das ist, als wäre der ganze Raum versiegelt!« rief er.

»Richtig«, sagte Onkel Grigorian. »Jetzt will ich euch zeigen, warum alles versiegelt ist.«

Er öffnete den Aktenschrank. Doch statt nur eine Schublade aufzuziehen, schwang er die ganze Vorderfront des Schrankes auf. Dahinter lag eine Reihe von Schaltern und Skalen. Er fingerte einen Moment an den Instrumenten herum, dann schloß er die Tür wieder.

»Habt ihr etwas bemerkt?«

Helen schaute sich um. »Die Wände sind dunkler geworden«, sagte sie.

»Einen Moment.« Onkel Grigorian schritt zu dem Lichtschalter hinüber. »Setzt euch. Ihr wollt doch sicher nicht im Dunkeln gegeneinanderstoßen.« Die

Kinder gehorchten, und er schaltete das Licht aus. »Schaut auf!«

Als sie ihre Gesichter nach oben wandten, konnten sie die Sterne sehen – Millionen von Sternen, viel mehr, als sie für gewöhnlich sahen, und viel heller. Und es war noch etwas anderes am Himmel zu erkennen: ein großer Planet, ganz in Blau, von Wolken umgeben. Etwas weniger als die Hälfte des Planeten lag im Dunkeln.

»Wir sind auf dem Mond!« rief Tonne ganz aufgeregt.

»Spinn nicht herum«, sagte Strubbel. »Das ist eine Projektion. So sieht die Erde aus, wenn man sie aus dem Weltraum betrachtet. Ist unglaublich gut gelungen.«

»Es sieht wunderschön aus«, flüsterte Helen.

Plötzlich fiel Strubbel etwas anderes auf. »Die Wände«, sagte er.

»Sie sind dunkel«, meinte Tonne.

»Schau sie nicht an, sondern durch sie hindurch.«

Die Kinder strengten ihre Augen an. Sie konnten eine graue, zerklüftete Landschaft erkennen, die ein wenig an eine vom Mond erleuchtete Wüstenlandschaft erinnerte; in der Ferne waren Berge zu sehen.

»Ich habe es euch doch gesagt: Wir sind auf dem Mond«, wiederholte Tonne.

Onkel Grigorian schaltete wieder das Licht an, und die Wände waren mit einem Schlag nicht länger durchsichtig.

Die Sterne waren auch verschwunden, nur die Erde war noch an der Decke zu sehen.

»Was haltet ihr davon?« fragte Onkel Grigorian.

»Wirklich sehr raffiniert«, sagte Strubbel. Er runzelte nachdenklich die Stirn.

»Und du fragst dich, wie das wohl funktioniert?«

»Ja. Mit dem Dach und den drei Wänden ist es recht einfach. Da braucht man nur einen Projektor hinter diesem durchsichtigen Plastik. Aber die Wand nach vorne... da, wo die Tür ist... dahinter liegt eigentlich der Hof.«

»Es ist alles viel einfacher«, erklärte Onkel Grigorian. »Wir sind auf dem Mond.«

Strubbel gab ein kurzes Lachen von sich. Solche billigen Scherze konnte man eigentlich nur von Tonne erwarten. »Du erwartest doch von uns nicht, daß wir dir das glauben, nicht wahr?« fragte er.

»Nicht, bis ich es euch bewiesen

habe«, sagte Onkel Grigorian und machte ein ernstes Gesicht.

Tonne sagte: »Laßt uns nach draußen gehen – dann werden wir den Beweis finden.«

»Wir können doch gar nicht nach draußen gehen«, erwiderte Strubbel. »Wir können die Tür nicht öffnen – selbst wenn wir wüßten, wo sie genau ist.«

»Ganz recht«, sagte Onkel Grigorian. Er öffnete erneut den Aktenschrank, stellte an den Skalen einige Dinge ein, und plötzlich kehrten die Wände und die Tür des alten, steinernen Farmgebäudes zurück. »Jetzt wollen wir woanders hingehen«, sagte er.

Diesmal veränderten sich die Wände und die Decke des Raumes nicht, statt dessen tauchte neben der Tür ein Fenster auf. Strubbel blickte hinaus.

»Der Trafalgar Square mitten in London!« rief er begeistert aus.

Onkel Grigorian lächelte nur stumm.

»Die Wände sind sehr dick«, sagte Strubbel. »Du könntest in der Wand einen Projektor eingemauert haben.«

»Aber diesmal kannst du nach draußen gehen«, erwiderte Onkel Grigorian. Strubbel schaute ihn an.

»Nun mach schon!«

»Also gut«, stimmte er zu. Nun wäre es an der Zeit, diesem überlangen Scherz ein Ende zu bereiten.

Der Junge öffnete die Tür; er trat hinaus und fand sich auf dem Gehsteig des Trafalgar Square wieder.

Er hielt inne und erstarrte auf dem Gehsteig zur Salzsäule. Vor Erstaunen riß er den Mund auf. Natürlich hatte er erwartet, auf den Hof der Farm hinauszutreten. Sein Herz schien wie ein Hammer in seiner Brust loszuschlagen, als er wie betäubt die Nelson-Säule anstarrte, die sich unmittelbar vor ihm in den Himmel erhob.

Ein Mann, der eine Melone trug, stieß gegen ihn. Strubbel entschuldigte sich und riß sich zusammen. Vorsichtig blickte er sich um. Auf der entfernten Seite der Nelson-Säule lag zweifelsohne die Nationalgalerie. Der Lärm des Verkehrs dröhnte in seinen Ohren, und in seine Nase stach die schlechte Londoner Luft. Versuchsweise machte er einen Schritt nach vorn, als müßte er nachprüfen, ob der Boden auch wirklich fest und begehbar war. Nichts geschah, außer daß er sich dem Rinnstein um einen Schritt genähert hatte.

Dann wandte Strubbel sich um. Er wollte sehen, woher er gekommen war.

Statt des Farmhauses erblickte er eine unscheinbar wirkende Tür, die zwischen einem Schaufenster und dem Eingang zu einem Kino lag. Keine Hinweise an der Tür verrieten, wohin sie führte. Wenn man an ihr vorüberschritt, hätte man kaum bemerkt, daß sie überhaupt da war.

An der nächsten Ecke, neben der Station Charing Cross, verkaufte ein Mann Abendzeitungen. Strubbel lief zu ihm und gab ihm fünf Pence. Dann nahm er sich eine Zeitung. Es war eine Rennzeitung. Strubbel blickte auf das Datum. Es war eine Zeitung von heute.

Er fühlte sich wie betäubt, ging zurück zu der Tür und stieß sie auf. Dann trat er in das seltsame Büro. Er reichte Helen die Zeitung und setzte sich.

»Nun«, sagte er schließlich, »wenn du nach London gehen kannst, wirst du auch auf den Mond kommen, schätze ich.«

Die Power-Gabe

Genaugenommen ist es sogar einfacher, auf den Mond zu kommen als nach London«, sagte Onkel Grigorian. »Ich schätze, das Ding hier nennt man ein Raumschiff. Es besteht aus durchsichtigen Plastikwänden ...«, er vollführte eine Geste, die den ganzen Raum einschloß, »... und der Steuereinheit.« Liebevoll strich er über den Aktenschrank. »Es ist sehr einfach, herumzuziehen – ich muß nur hier auf einen Knopf drücken, und schon bin ich da. Aber ich muß genau angeben, wohin ich reisen will. Das ist das schwierigste an der Angelegenheit. Auf dem Mond ist alles nicht so schlimm; da muß ich mir keine Sorgen machen, zufällig gegen irgend etwas zu stoßen. Aber um auf diesen Platz, den Trafalgar Square, zu gleiten, muß ich genaue Raum-Zeit-Koordinaten angeben.«

»Ich verstehe«, sagte Strubbel. »Ich nehme an, du hast diesen Raum zuerst entdeckt, ihn gemietet und ihn dann verschlossen ...«

»Richtig. Der Raum mußte ungefähr dieselbe Größe wie mein Schiff haben, für den Fall, daß jemand hereinkommen sollte, während ich hier drinnen war. Wenn es nur eine Lücke von ein paar Zentimetern zwischen der Wand meines Raumschiffes und der Wand des Raumes gegeben hätte, dann hätte mich das verraten können.«

»Du mußt die Koordinaten jedesmal wieder aufs neue kalkuliert haben, denn die Erde bewegt sich ja die ganze Zeit.«

»So schlimm ist das nicht. Nachdem ich es das erste Mal gemacht habe, paßt der Computer, der hier drin steckt, die Koordinaten ständig der Bewegung der Erde an.« Bei den letzten Worten strich Onkel Grigorian über den Aktenschrank.

Strubbel war fasziniert. »Also mußt du nur einen Raum finden, der ungefähr der Größe des Schiffes entspricht, dessen Position feststellen und die Daten eingeben. Danach kannst du, wann immer du willst, dorthin reisen. Geht das von einem Moment auf den anderen?«

»Auf der Erde praktisch schon. Bei Reisen durch das All vergeht schon eine gewisse Zeit.«

Helen mischte sich ein. »Hast du auch woanders solche Räume, nicht nur in Wales und London?«

»Ja«, erwiderte Onkel Grigorian und bewegte eine Skalenscheibe. »Paß auf!«

Helen bemerkte, daß sie sich nun in recht großer Höhe befanden. Das Fenster war weit größer geworden. Die Stadt, in die sie nun gereist waren, sah aus wie ein Meer aus Wolkenkratzern.

»New York«, rief sie und erinnerte sich an die Bilder in ihrem Geographiebuch.

»Chicago, genauer gesagt«, erklärte Onkel Grigorian. Er drückte auf einen anderen Knopf. Sie sahen Tokio, Caracas, Wien, Moskau und Hongkong – alles innerhalb von ein paar Minuten. In jeder Stadt hatte das Fenster eine andere Form und das Büro eine andere Höhe. Manchmal wies die Tür auf einen Gehsteig hinaus; mitunter führte sie in einen Korridor, zu einem Fahrstuhl oder zu einer Treppe.

Schließlich baten die Kinder darum, das Spiel zu beenden. Helen meinte: »Ich fühle mich, als hätte ich zuviel Eiskrem gegessen oder so etwas.«

»Wie, zum Teufel, funktioniert das? Ich meine, was treibt die Maschine an?« fragte Strubbel.

»Ich habe keine Ahnung«, erwiderte Onkel Grigorian. »Ich bin kein Physiker.«

»Dann ...« Strubbel schluckte und setzte noch einmal an, seine Frage zu stellen. »Onkel Grigorian, was bist du dann?«

Onkel Grigorian bestand darauf, daß sie nach Wales zurückkehrten und zu Mittag aßen, bevor er diese Frage beantwortete. Sie begaben sich in die Küche im Farmhaus und entdeckten, daß etliche Scheiben Rinderbraten, zwei große Stücke Käse sowie zwei frische Brote auf dem Tisch lagen. Überrascht stellten sie fest, daß es bereits nach zwei Uhr war, dann füllten sie ihre Teller und setzten sich, um zu essen.

»Also«, erklärte Onkel Grigorian, »ich habe doch gesagt, daß dies ein Tag der Überraschungen sein wird. Hier nun Überraschung Nummer zwei. Ich bin gar nicht euer Onkel.«

Die Kinder hörten auf zu essen und starrten ihn an.

»Ich habe eine Familie gebraucht, mit der ich eine Verbindung knüpfen konnte, und eure Familie eignete sich am allerbesten«, fuhr er fort. »Es ist eine der wenigen Familien, wo man plötzlich auftauchen und behaupten kann, daß man ein Verwandter ist, und niemand kann mit Gewißheit das Gegenteil beweisen.

Nun, ich bin vor zehn Jahren zum erstenmal auf der Bildfläche erschienen, was eure Mutter euch wahrscheinlich schon erzählt hat. Ich hatte vorgehabt, viel mehr von euren Leuten zu sehen, aber kurz nach dieser ersten Begegnung änderte sich die Art und Weise meiner Arbeit hier, und ich ließ dieses ursprüngliche Projekt fallen.«

»Was für eine Arbeit ist das denn, die du hier machst?« fragte Helen.

»Das wird euch in Kürze klarwerden, aber fürs erste könnt ihr mich als eine Art Soziologe betrachten.«

»Was ist passiert, daß du deine Meinung geändert hast... ich meine, daß du wieder mit unserer Familie in Verbindung getreten bist?« Helen ließ nicht locker.

»Ich habe einen Spezialauftrag von

meiner Regierung«, erklärte er. »Sie brauchen eure Hilfe.«

Das leuchtete keinem der Kinder ein. Tonne fragte: »Woher kommst du denn eigentlich?«

Onkel Grigorian zögerte. »Meine Heimat«, sagte er schließlich, »trägt den Namen Klipst. Sie liegt siebzehn Lichtjahre entfernt. In der Nähe gibt es einen Stern mit Namen Marn.« Wieder zögerte er und hielt inne, dann lächelte er. »Nun kommt die Überraschung Nummer drei.«

»Diese komischen Daumen!« rief Helen plötzlich, dann errötete sie.

Strubbel ergriff das Wort: »Tonne meint, daß du ein Mann aus dem Weltraum bist.«

»Tonne hat bei viel mehr Dingen recht, als du es ihm zutraust«, entgegnete Onkel Grigorian. »Aber am besten erzähle ich euch alles, bevor ihr anfangt, euch den Kopf zu zerbrechen. Ich habe euch gesagt, daß ich ein Soziologe bin, und das entspricht auch zum Teil der Wahrheit. Ich untersuche verschiedene Gesellschaften. Aber ich arbeite auch für die Regierung – für das Galaktische Imperium. Ich glaube, ihr würdet mich als eine Art Geheimagent betrachten. Meine Aufgabe besteht darin, ein Auge auf jene Welten zu werfen, die kurz davorstehen, die Raumfahrt zu entdecken. Die Erde ist eine von diesen Welten.«

»Aber wir haben die Raumfahrt schon entdeckt«, warf Strubbel ein.

»Nein, diese Sache mit den Raketen zählt nicht. Eure Wissenschaftler haben sich da ein wenig verrannt und sind in eine Sackgasse geraten. Aber über kurz oder lang werden sie den Hyperantrieb entdecken. Und dann wird die Regierung davon unterrichtet werden müssen, daß eine neue Welt bereit ist, in die Gemeinschaft der Planeten aufgenommen zu werden.«

Helen fragte: »Wo kommen wir da ins Spiel?«

»Da gibt es einen Streit in einem Bereich, den wir Genic-Sektor nennen. Meine Regierung betrachtete die Sache von allen Seiten und verständigte sich darauf, diese Frage von einer unabhängigen Instanz entscheiden zu lassen, aber sie konnten niemanden finden, der wirklich unabhängig war. In ihrer Ratlosigkeit entschieden sie sich schließlich dazu, jemanden von außerhalb des Imperiums zu holen. Sie meinten auch, daß die Schiedsleute keine Erwachsenen sein dürften – denn offensichtlich ist kein Erwachsener völlig unparteiisch. So erarbeiten in dieser Welt etwa die Politiker grandiose Pläne und überlassen die Einzelheiten anderen Leuten, die dann die Lösung finden sollen. Dieses Problem nun landete auf dem Schreibtisch von meinem Chef, und er reichte es an mich weiter.«

»Du meinst, wir sollen hier sitzen und eine Entscheidung treffen über irgendeinen Streit in einem fernen Winkel des Universums?« Strubbel konnte es kaum glauben.

»Ihr sollt nicht hier sitzen. Ihr müßt mit mir nach Palassan reisen, der Hauptstadt des Galaktischen Imperiums.«

»Großer Gott!« entfuhr es Strubbel. Mehr konnte er nicht sagen.

»Es ist nicht so verrückt, wie es klingt«, fuhr Onkel Grigorian fort. »Es ist eine allgemein anerkannte Tatsache, daß Kinder einen viel feineren Sinn für Gerechtigkeit haben als Erwachsene.« Er lächelte. »Auch wir werden von den Unbilden des Lebens härter und gefühlloser gemacht, nehme ich an. Aber das ist nebensächlich. Ihr sollt etwa zwei Wochen bei mir bleiben, doch so lange wird es nicht dauern. Das Telefon auf der Farm wird uns überall in der Milchstraße erreichen, so daß ihr mit eurer Mutter in Verbindung bleiben könnt. Die Frage lautet nun, ob ihr Lust habt, mit mir zu kommen.«

»Aber sicher!« rief Tonne und strich sich Butter auf eine weitere Scheibe Brot.

Strubbel und Helen schauten sich an. Helen sagte: »Ich glaube, wir beide würden dir gerne helfen, aber wir wissen nicht, ob wir das wirklich können.«

»Laßt das nur meine Sorge sein«, entgegnete Onkel Grigorian. »Ich habe in den letzten paar Monaten etliche Dinge über euch in Erfahrung gebracht. Ich weiß, daß ihr recht klug und gerecht seid. Außerdem werde ich euch ein wenig helfen, doch darüber kann ich erst sprechen, wenn ich sicher bin, daß ihr mit mir gehen wollt.«

Wieder blickten sich die Zwillinge an. Dann sagten sie beide wie aus einem Munde: »Wir gehen mit dir.« Und Strubbel fügte hinzu: »Erzähle uns, welche Hilfe wir bekommen.«

»Ich beabsichtige, euch die Power-Gabe zu geben«, erwiderte Onkel Grigorian. »Das ist eine Art mentale Waffe. Um diese Waffe zu bedienen, müßt ihr euch einer besonderen Behandlung unterziehen, aber das kann erledigt werden, während ihr schlaft. Diese besondere Waffe ist erst kürzlich entwickelt worden, sie ist sehr teuer, so daß nur wenige Leute im ganzen Galaktischen Imperium sie besitzen. Ich gehöre übrigens nicht dazu.«

»Und wie funktioniert diese Waffe?«

»Da kann man im voraus nie sicher sein. Im wesentlichen verleiht sie den Verstandeskräften, die ihr schon besitzt, einen enormen Schub. Wenn ihr zum Beispiel schon gut mit Zahlen umgehen könnt, so macht euch die Power-Gabe zu einem brillanten Mathematiker. Meistens funktioniert es allerdings nicht so speziell. Wir haben viele Bezeichnungen für die Auswirkungen dieser Waffe, und wir werden uns das genauer ansehen, wenn ihr euch erst einmal dieser Behandlung unterzogen habt.«

Tonne rief: »Ich werde ein Kung-Fu-Kämpfer.« Und dann wirbelte er herum und schlug mit den Händen um sich.

Onkel Grigorian lachte. »Ich hoffe nicht«, sagte er. »Das würde für uns alle ein schlimmes Ende nehmen.«

»Es ist alles so verwirrend«, meinte Strubbel.

»Natürlich.« Onkel Grigorian erhob sich vom Tisch. »Ihr könnt heute abend diese Behandlung hinter euch bringen, und morgen früh starten wir. Nun, wie sieht es jetzt mit den nächsten Fahrstunden aus?«

Am nächsten Morgen erwachte Helen mit einem entzündeten Ohr. Sie berührte ihr Ohr mit der Hand und entdeckte einen sonderbaren Gegenstand, der wie die Hörmuschel an einem Telefon aussah. Onkel Grigorian hatte es am Abend zuvor an ihrem Ohr befestigt.

Helen setzte sich auf und blickte sich um. Die drei Kinder hatten die Nacht im Raumschiff verbracht. Ihre Ohrmuscheln waren alle mit einem kleinen Kasten verbunden, der einem Transistorradio glich. Während das Mädchen sich umsah, erwachten auch Strubbel und Tonne.

»Diese Liegen sind ziemlich unbequem«, sagte Tonne und gähnte.

Plötzlich klopfte es an der Tür, und einen Moment später trat Onkel Grigorian ein.

Helen nannte ihn bei sich immer noch Onkel Grigorian, obwohl sie natürlich wußte, daß er überhaupt kein Verwandter von ihnen war. Er hielt ein

Tablett in der Hand, auf dem drei Gläser standen.

»Guten Morgen, Superfrau und Supermänner«, sagte er mit freudiger Stimme. »Ihr müßt das hier trinken.«

Das Getränk war warm und süß und duftete ein wenig. Helen trank es auf einmal aus. Onkel Grigorian setzte sich auf die Kante seines Schreibtisches. Er sah einigermaßen aufgeregt aus.

»Nun, jetzt wollen wir mal sehen, wie es funktioniert«, sagte er. »Strubbel zuerst. Fühlst du dich irgendwie anders?«

»Eigentlich nicht«, entgegnete Strubbel.

»Aber sicher fühlt er sich anders«, rief Helen entrüstet aus. »Das sagt er nur, weil er zuerst wissen will, was mit mir und Tonne passiert ist.« Dann errötete Helen, weil sie so losgebrüllt hatte.

»Aha«, entgegnete Onkel Grigorian. »Aber woher weißt du das?«

»Nun, als er das gesagt hat, da hat er seinen Arm hochgenommen und sich am Kopf gekratzt, und außerdem hat er seinen Mund auf eine gewisse Art verzogen und . . .«

»Genug!« rief Onkel Grigorian. »Du bist eine Leserin. Du kannst sagen, wie die Leute sich fühlen, indem du sie nur anschaust.«

»Eine Geistleserin?« fragte Tonne neidisch.

»Nein. Helen liest Körper, nicht den Geist. Du mußt wissen, es ist eine richtige Wissenschaft, die darin besteht, die kleinen Gesten zu deuten, die Leute machen: wie sie sich über die Nase streichen oder an ihrem Bart zupfen, wie sie stehen oder wie sie ihre Hände in die Tasche schieben; all solche Dinge. Helen muß schon vor der Behandlung ganz gut erraten haben, was die Leute denken. Nun weiß sie es.«

»Ja, Onkel. Jetzt sehe ich, daß du neidisch auf mich bist«, erklärte Helen.

Onkel Grigorian lachte. »Du mußt jetzt lernen, nachsichtig zu sein, Helen. Natürlich bin ich neidisch auf dich. Begreifst du nicht, wie nützlich es für mich als Soziologe wäre, ein Leser zu sein? Nun kommen wir zu Strubbel.«

»Also gut«, entgegnete Strubbel. »Es ist eigentlich nicht von Bedeutung, aber als wir zu Bett gingen, da habe ich mich gefragt, wie wir nach Palassan kommen könnten. Denn selbst wenn wir mit Lichtgeschwindigkeit reisen würden, dann würde es über hundert Jahre dauern.«

»Und was war heute morgen?«

»Jetzt weiß ich, wie es funktionieren

könnte. Es ist recht schwierig zu erklären ...«

»Versuche es.«

»Also gut. Stellt euch ein kleines, sehr flaches Wesen vor. Es ist so dünn und so dumm, daß es sich von oben und unten gar keine Vorstellung machen kann. Alles, was dieses Wesen weiß, ist rechts und links, vorwärts und rückwärts. Niemals jedoch bewegt es sich nach oben oder unten. Es kann auch nicht aufsehen oder nach unten schauen, daher denkt es nur in zwei Dimensionen. Die Oberfläche, auf der dieses Wesen lebt, gleicht einem Bettlaken. Das Laken mag flach und ausgebreitet sein oder gefaltet. Nehmen wir an, es ist gefaltet. Dieses Wesen wird es niemals herausfinden. Sein ganzes Leben zieht dieses Wesen auf dem Laken herum. Da es nicht begreift, daß das Laken gefaltet ist, kann es auch keine Abkürzungen nehmen, indem es sich nach oben oder unten einen Weg durch den Stoff bahnt. Nun, wir ähneln diesem Wesen, nur daß wir in drei Dimensionen denken statt in zwei. Aber angenommen, das Universum erstreckt sich in vier Dimensionen? Dann könnten wir Abkürzungen nehmen, indem wir einen Weg durch die dreidimensionale Oberfläche finden.«

Strubbel hielt inne. »Aber wenn ich das euch jetzt so erkläre, ist es mir selbst nicht mehr klar.«

»Das macht nichts«, erwiderte Onkel Grigorian. »Wir wissen schließlich, wer du bist. Du bist ein Synthetiker. Das bedeutet, daß du dir die Tatsachen ansehen und sie in einen Zusammenhang bringen kannst. Du kannst dir eine Maschine anschauen und begreifst auf Anhieb, wie sie funktioniert. Du blickst auf ein Schachbrett und durchschaust sofort die Taktik der beiden Spieler.«

Strubbel nahm die Ohrmuschel ab und legte sie vorsichtig neben den schwarzen Kasten. »Das ist nicht die Art von Power-Gabe, die ich erwartet hatte«, erklärte er. »Ich finde, das sieht nicht wie eine nützliche Waffe aus.«

»Du wirst bald bemerken, wie nützlich das alles für euch ist. Aber wie steht es mit dir, Tonne?«

Tonne blickte recht traurig drein. »Ich habe mit einem Karatetrick auf die Stuhllehne geschlagen, aber dabei habe ich mir nur an der Hand weh getan«, sagte er.

Die Zwillinge lachten.

»Fühlst du dich denn nicht irgendwie anders?«

»Überhaupt nicht.«

Onkel Grigorian runzelte nachdenklich die Stirn. »Das wundert mich«, sagte er. Er öffnete eine Schublade an seinem Schreibtisch und nahm etwas heraus. Es war ein runder Gegenstand, der ungefähr so groß wie ein Tennisball war. Seine Oberfläche bestand aus einem glatten, glänzenden Pelz, der an Seehundfell erinnerte.

»Fang«, rief er und warf das Ding Tonne zu. Tonne fing das Ding auf und strich ihm versuchsweise über das Fell. Dann setzte er es auf seine Schulter.

Das Ding änderte seine Gestalt ein wenig und schien sich um seinen Hals zu schmiegen.

Tonne sagte: »Er heißt Klacks.«

»Das habe ich mir gedacht«, erklärte Onkel Grigorian. »Du bist ein Einzelgänger. Alle Einzelgänger mögen Streichelbälle.«

»Darf ich auch einmal sehen?« fragte Helen. Sie nahm den Streichelball von Tonnes Schulter und besah ihn sich genauer. Das Wesen bestand ganz aus Pelz. »Es ist nur eine Pelzkugel«, sagte sie und reichte das Ding an Strubbel weiter.

»Wir halten Streichelbälle für Tiere«, erklärte Onkel Grigorian. »Sie stammen

von einem seltsamen Planeten vom anderen Ende unserer Galaxie. Keiner weiß genau, wie sie existieren können. Sie haben keinen Mund und auch keine Augen, aber sie leben trotzdem. Die Leute halten sie als Schoßtiere. Streichelbälle scheinen manche Leute zu mögen, andere hingegen mögen sie nicht. Wenn sie einen nicht mögen, dann fallen sie einfach von dessen Schulter herunter. Leute mit der Power-Gabe von Einzelgängern scheinen eine besondere Beziehung zu diesen Streichelbällen zu haben. Habt ihr gesehen, wie Tonne auf Anhieb wußte, daß er das Tier auf die Schulter setzen mußte? Außerdem hat er sofort seinen Namen gekannt. Wie hieß er noch, Tonne?«

»Klacks.«

»Woher hast du das gewußt?«

»Ich weiß es nicht. Der Name ist mir einfach eingefallen.«

Strubbel reichte den Streichelball an Tonne zurück, der ihn sofort wieder auf seine Schulter setzte. »Was für eine besondere Gabe besitzt Tonne denn?« fragte Strubbel.

»Eine ganz besondere«, erwiderte Onkel Grigorian. »Es hat damit zu tun, daß er oft ungewöhnliche Dinge sagt und tut, die sich hinterher als richtig herausstellen. Vielleicht benutzt er seine Gabe monatelang nicht, aber wenn er es tut, dann werdet ihr ihm sehr dankbar dafür sein. In der Zwischenzeit hat er ja seinen neuen Freund Klacks.«

Onkel Grigorian nahm das Tablett und ging zur Tür. »Ich lasse euch jetzt allein, damit ihr euch anzieht. Das Frühstück ist gleich fertig. Oh, da ist noch etwas, das ich euch sagen muß. In dem Imperium gibt es eine Art Standardsprache. Jeder in den entwickelten Welten spricht sie, und sogar auf den primitiven Planeten lernt man sie an der Schule. Sie ähnelt ein wenig dem Esperanto, das auf der Erde gesprochen wird.«

»Oh!« rief Helen. »Und wie sollen wir diese Sprache erlernen?«

»Das gehört zu der Behandlung, die ihr gestern abend erhalten habt«, entgegnete Onkel Grigorian und lächelte. »Ihr kennt diese Sprache bereits. Wir sprechen sie nun schon seit einer halben Stunde.«

Dann ging er hinaus und schloß die Tür hinter sich.

Hüpfen, Springen – Hypersprung

Nach dem Frühstück packten Tonne und die Zwillinge wieder ihre Koffer und trugen sie in das Büro. Onkel Grigorian erklärte Mrs. Rhys, daß sie einige Tage verreisen würden. Er würde sie vor ihrer Rückkehr anrufen. Als Mrs. Rhys in ihr Haus zurückgegangen war, fuhr Onkel Grigorian seinen Wagen in die Garage und verriegelte die Türe.

»Alles bereit?« fragte er, als er ins Büro trat. Die drei Kinder nickten voller Ungeduld. Onkel Grigorian öffnete den Aktenschrank und hantierte an den Anzeigen.

»Die Reise wird beinahe eine Stunde dauern«, sagte er. »Wir müssen einige kurze Hüpfer durch das gewöhnliche

Universum machen und dann auch einige größere Sprünge durch den Hyperraum – Strubbel hat das die vierte Dimension genannt. Die Sprünge selbst dauern nicht lange, die Pausen dazwischen halten uns jedoch auf. Also, nun sind wir unterwegs.«

Er schloß die Tür des Aktenschrankes und wandte sich um. Irgendeine Art von Bewegung war nicht zu spüren, so daß Helen sich schon fragte, ob etwas schiefgegangen sei. Aber als sie zur Wand blickte, sah sie, daß das Farmhaus verschwunden war. Statt dessen war auf der anderen Seite des durchsichtigen Plastiks nur eine tiefe Finsternis zu erkennen. Doch während sie hinschaute, veränderte sich die Szenerie schon wieder. An der einen Wand war in der Ferne eine Sonne zu sehen, an der Decke ein sandfarbener, leblos wirkender Planet.

Doch diese Veränderungen geschahen so plötzlich, daß sie die Dinge gar nicht einordnen konnte, die außerhalb des Büros passierten – oder des Raumschiffes, wie sie ihren Aufenthaltsort besser nennen sollte. Helen gab es schließlich auf, hinauszublicken.

Onkel Grigorian schlug vor, sich mit ein paar Spielen die Zeit zu vertreiben.

Er holte ein Damespiel hervor und arrangierte ein Turnier. Leider stellte sich heraus, daß Strubbel nun ohne jede Mühe jeden von ihnen besiegen konnte – Onkel Grigorian eingeschlossen.

Sie hatten auch noch ein Monopoly-Spiel an Bord, doch dafür hatten sie zu wenig Zeit. Also teilten sie ihr Geld untereinander auf und begannen zu pokern. Diesmal aber verdarb Helen ihnen den Spaß – sie wußte immer, wenn jemand versuchte zu bluffen.

Als sie mit den Spielen aufhörten, fingen sie an, Onkel Grigorian mit Fragen zu bestürmen. Doch er wollte ihnen nichts von dem Streit im Genic-Sektor erzählen, weil er fürchtete, daß die Kinder dann nicht mehr unvoreingenommen sein würden. Statt dessen erzählte er ihnen ein paar Dinge über sich selbst.

»Ist Grigorian dein richtiger Name?« fragte Helen ihn.

»Ja. Er klingt ein wenig so, als käme ich aus Osteuropa, nicht wahr?«

»Und was für einen sonderbaren Akzent hast du?«

»Das ist der Akzent von meiner Heimat Klipst.«

»Aber hat dich dieser Akzent auf der Erde niemals verraten?«

»Nein. Wenn jemand in Polen geboren ist, in Deutschland aufwuchs und schließlich nach Wales kam – wer will da schon sagen, was für einen Akzent so jemand spricht.«

»Und wie bist du auf deinen seltsamen Beruf gekommen?«

»Nun, dafür gab es eine Menge Gründe. Zum einen bin ich ein Einzelgänger. Klipst ist ein großer Planet mit einer recht geringen Bevölkerung, daher sind wir dort nicht besonders gesellig. Aber der Hauptgrund besteht darin, daß ich so groß bin.«

»So groß?« rief Tonne. »Aber du bist nicht viel größer als ein Zwerg.«

»Tonne, du bist unverschämt!« sagte Helen.

»Das ist schon in Ordnung.« Onkel Grigorian lachte. »Eines habe ich euch noch nicht erzählt: Die Menschen von der Erde gehören zu den größten intelligenten Wesen im Universum. Die meisten Menschen sind ungefähr einen Meter achtzig groß. Nach den Maßstäben der Erde bin ich klein, aber nach dem galaktischen Standard gelte ich als groß. Das bedeutet natürlich auch, daß ihr so groß sein werdet wie die Erwachsenen auf Palassan.«

Die Kinder blickten durch die Wände,

während sie darüber nachdachten. Einige der Stationen, die sie nun passierten, waren Räume auf anderen Planeten und nicht mehr nur abseits liegende Punkte im Universum. Gelegentlich konnten sie einen Blick auf verrückt aussehende Wesen und sonderbare Städte werfen, aber ihre Sicht verschwamm immer wieder, bevor sie sich das Ganze genauer ansehen konnten.

Als die Szenerie sich draußen schließlich nicht mehr veränderte, wußten die Kinder, daß sie auf Palassan angelangt waren.

Durch die durchsichtige hintere Wand des Büros sahen sie einen Mann mit einem Bart, der ein wenig kleiner als Helen und etwas größer als Strubbel war. Er hielt für einen Moment inne, dann schob er einen Teil der Wand auf und trat ein.

Onkel Grigorian sagte: »Das ist Mr. Loman; er überwacht die äußeren Planeten im Auftrage der galaktischen Regierung. Mr. Loman, das sind Helen, Strubbel und Tonne.«

Sie gaben sich die Hände, und Tonne sagte: »Ich heiße übrigens Jonathan.« Helen bemerkte, daß Mr. Lomans Freundlichkeit nur vorgetäuscht war. Im Grunde betrachtete er die Kinder voller Argwohn. Offenbar wußte er, daß sie im Besitz der Power-Gabe waren.

Mr. Loman rieb sich die Hände und erklärte: »Wir haben die Zimmer bereits für euch vorbereitet. Wollen wir gehen?« Er führte sie durch eine Lücke in der Wand des Raumschiffes in einen Korridor. Dann bogen sie um eine Ecke und schritten durch eine Tür.

Schließlich fanden sie sich draußen an der frischen Luft wieder. Über ihnen wölbte sich ein klarer Himmel mit einer kleinen heißen Sonne. Strubbel bemerkte zudem einen großen bleichen Mond am Horizont.

Sie befanden sich in einer Art Park. Niedrige, einstöckige Gebäude säumten die Rasenflächen und waren durch pinkfarbene Kieswege miteinander verbunden. Das Ganze glich einem Stützpunkt der Luftwaffe, den Strubbel einmal besichtigt hatte.

Tonne meinte: »Das sieht hier nicht wie in der Hauptstadt der Galaxie aus.«

»Ist der ganze Planet so?« fragte Strubbel.

»Ich mag es, wenn es nach Gras riecht«, meinte Helen.

Als sie über einen der pinkfarbenen Wege schritten, sagte Onkel Grigorian: »Ihr habt doch nicht etwa geglaubt, daß

Palassan wie London aussieht? Wolkenkratzer und Verkehrsstaus und überbevölkerte Städte gibt es bei uns lange nicht mehr. Das ist Vergangenheit.«

Mr. Loman fügte hinzu: »Die Regierung der Galaxie ist die bei weitem wichtigste Sache, die es gibt. Sie muß eine ideale Umgebung vorfinden. Ruhe und Frieden, Gras und Bäume – all diese Dinge helfen den Leuten der Regierung, gründlich nachzudenken. Natürlich gibt es auch Kraftwerke und Fabriken und all diese Dinge. Aber diese Anlagen haben wir in den Untergrund gelegt, damit man sie nicht sieht. Straßen brauchen wir nicht. Leute wie Grigorian und ich – und ihr – reisen mit dem Hypertrans überall hin. So nennen wir die Einheit, mit der ihr hierher gekommen seid.«

Strubbel fragte: »Aber was ist mit den Leuten, die in den Kraftwerken und Fabriken arbeiten?«

»Oh, im Untergrund haben wir ein hyperschnelles, automatisches Transportsystem«, sagte Mr. Loman leichthin, als wollte er zum Ausdruck bringen, daß sie sich über solche Dinge nicht den Kopf zerbrechen sollten. Strubbel dachte bei sich, ohne es jedoch auszusprechen, daß es für die Leute der

Regierung recht gut klang, aber daß die einfachen Leute wohl nicht soviel Spaß hatten.

Eine Menge Leute schlenderten auf den Wegen herum; betraten die Gebäude oder verließen sie. Die Passanten, die an den Kindern vorbeigingen, nickten ihnen zu und lächelten freundlich.

Mr. Loman hielt an einem der niedrigen Gebäude. »Wir brauchen Bilder von euch für die Fernsehnachrichten«, erklärte er. »Tretet für einen Augenblick ein.«

Die Kinder betraten eine weitläufige Halle, die von einer Unmenge künstlicher Lichter erleuchtet wurde. Die Helligkeit blendete sie einen Moment lang.

Als sich ihre Augen an das grelle Licht gewöhnt hatten, konnten sie ungefähr ein Dutzend recht kleiner Leute erkennen. Die meisten von ihnen hatten irgendeine Ausrüstung bei sich – Kameras und solche Dinge, wie Strubbel vermutete. Alle Dinge waren viel kleiner, als sie auf der Erde gewesen wären. Es gab keine großen Stative für die Kameras, keine Scheinwerfer, und nichts war mit irgendwelchen schweren Kabeln verbunden.

Einer von den Nachrichtenleuten stellte die fünf in Position, wobei Strubbel Mr. Loman die Hand schüttelte. Die Kameras surrten für ein paar Minuten. Dann war alles vorbei, und sie begaben sich wieder nach draußen.

»Wir sind nun berühmt«, sagte Tonne. »Will keiner ein Interview von mir?«

Mr. Loman lächelte. »Ich glaube, wir verschonen euch mit solchen Dingen«, sagte er.

Helen begann sich zu fragen, wie sich die Leute auf diesem Gelände zurechtfanden. Alle Gebäude und Wege sahen völlig identisch aus, und nirgendwo waren irgendwelche Hinweisschilder zu entdecken.

Ein Mädchen trat vor ihnen aus einer Tür. Es hielt einen Strauß heller, purpurfarbener Blumen in der Hand. Helen fand die Blumen überaus schön.

Das Mädchen mußte bemerkt haben, daß Helen die Blumen betrachtete, denn es zog eine heraus und reichte sie Helen. »Die Farbe paßt zu dir«, sagte sie und lächelte. »Möchtest du eine Blume?«

Plötzlich schoß Tonne nach vorn und schlug dem Mädchen die Blume aus der Hand.

»Tonne!« rief Helen entrüstet.

Die Blume fiel mit einem sonderbaren Klang auf den Boden, als wäre etwas zerbrochen.

»Es tut mir leid«, sagte Helen zu dem Mädchen.

Mr. Loman gab einen Laut von sich, der wie ein Fluch klang. Strubbel nahm die Blume vom Boden und riß die Blätter ab. Zwischen den Blättern befand sich ein kleines elektrisches Gerät.

Das Mädchen hastete zurück zu der Tür, aus der es gekommen war.

Onkel Grigorian eilte an Helen vorbei und öffnete die Tür, durch die das Mädchen verschwunden war. Doch nirgends war eine Spur von ihm zu entdecken.

Mr. Loman hatte ein kleines Lederetui hervorgenommen, das ungefähr so groß wie eine Streichholzschachtel war. Dann sprach er hinein: »Junge Frau, mittlere Größe, blondes Haar, humanoider Typ von den Zentralsystemen, grünes Kleid, hat einen Strauß Blumen bei sich, Blumenart Narchus. Festnehmen und verhaften.«

Helen fragte: »Was, um Himmels willen, geht hier vor sich?«

Strubbel deutete auf das zerstörte Gerät, das in der Blume versteckt gewesen war. »Das sieht aus wie ein kleiner Lautsprecher von einem Radio«, sagte er.

»Ein Flüsterer«, erklärte Onkel Grigorian. »Er wiederholt eine Botschaft immer und immer wieder, gleichsam hypnotisch. Man kann die Botschaft nicht mit Bewußtsein hören, aber sie erreicht einen unterbewußt, und schließlich ist man soweit, daß man sie glaubt.«

Strubbel nickte. »Jemand hatte vor, Helen zu hypnotisieren, damit sie sich in dem Streit auf seine Seite schlägt.«

»Aber auf welche Seite?«

Mr. Loman sagte: »Das werden wir herausfinden, wenn wir das Mädchen fassen.«

Die Kinder beobachteten, daß Leute über den Rasen auf sie zuliefen. Die meisten von ihnen waren Männer; sie trugen alle einen dunkelroten Overall und dazu passende Mützen.

Also haben sie auch auf Palassan Polizisten, dachte Strubbel.

Mr. Loman sagte: »Die Schwierigkeit besteht allerdings darin, daß sie sicher ihr Aussehen verändern wird. Sie muß sich nur ihre blonde Perücke abnehmen und die Blumen wegwerfen, und schon sieht sie aus wie Tausende anderer Mädchen in diesem Bezirk.«

»Kommt schon«, meinte Onkel Grigorian. »Überlassen wir die Sache lieber den Rotkappen. Wir können hier nichts mehr tun.«

Sie erreichten das Gebäude, in dem sich ihre Quartiere befinden sollten. Drei Schlafzimmer und ein Wohnzimmer waren hergerichtet worden; alles war in jenem einfachen, aber behaglichen Stil eingerichtet, in dem auch Onkel Grigorians Raumschiff ausgestattet war. Mr. Loman deutete auf einen Lautsprecher an der Wand nahe der Tür. »Ihr könnt immer mit Grigorian oder mir sprechen, wenn ihr wollt. Ihr müßt nur den Knopf drücken«, erklärte er. »Wir lassen euch jetzt allein, damit ihr eure Sachen auspacken könnt.«

»Na«, meinte Helen, als die beiden Männer gegangen waren. »Das ist hier wie in einem piekfeinen Hotel.«

Strubbel wies aus dem Fenster. Zwei der Rotkappen standen draußen. Er ging hinüber und öffnete die Tür, und einer der beiden schritt auf ihn zu.

»Kann ich dir helfen?« fragte der Mann.

»Nein, vielen Dank«, erwiderte Strubbel und schloß die Tür wieder. Er blickte Helen an. »Und was hat das deiner Meinung nach zu bedeuten?«

»Um Himmels willen, worauf willst du hinaus?«

»Mich erinnert das Ganze hier eher an ein Gefängnis«, erwiderte Strubbel.

Der Wurm-Krieg

Am nächsten Tag nahmen sie den Hypertrans, der sie zu einem anderen Teil des Planeten brachte. Sie konnten nicht sagen, wie weit sie gefahren waren, nur daß die Sonne noch ungefähr an derselben Stelle stand, als sie ankamen, also konnten sie keine große Strecke hinter sich gelassen haben. Onkel Grigorian begleitete sie; er berichtete ihnen, daß das Mädchen mit den Blumen nicht gefunden worden war. Die Rotkappen hatten jedoch einen Blumenstrauß, eine blonde Perücke und ein grünes Kleid entdeckt; das alles war in eine Ecke geworfen worden.

Während sie darauf warteten, daß die Hypertrans-Verkehrskontrolle ihnen freie Fahrt gab, beobachteten sie sich selbst in den Fernsehnachrichten. Der Reporter erklärte:

»Diese Primitiven von einer Außenwelt im Desic-Sektor landeten gestern auf Palassan, um den allerletzten Versuch zu unternehmen, den schon lange währenden Wurm-Krieg zu beenden. Beide Seiten haben sich im vorhinein darauf verständigt, das Urteil dieser fremden Schiedsleute zu akzeptieren, und schlossen dazu dreiseitige Verträge mit der Regierung ab. Die Anhörungen werden in Kürze unter der Leitung des Regierungsunterhändlers Swen Harliss beginnen. Harliss zeichnet für diesen einzigartigen Versuch verantwortlich, eine interplanetarische Aussöhnung herbeizuführen.

Die Vardic-Forschungsmission: Das Bulletin des heutigen Tages besagt, daß das Team möglicherweise eine Begegnung...«

Onkel Grigorian schaltete das Fernsehgerät ab. »Wir sind da«, erklärte er.

Sie traten aus dem Hypertrans und gelangten in einen weitläufigen Raum, der mit einem roten Teppich ausgelegt war und in dem Bilder an den Wänden hingen. Auf einer leicht erhöhten Plattform an einem Ende des Raumes befanden sich drei Stühle und ein niedriger runder Tisch. Ein Mann in einem schwarzen Umhang wartete auf sie. Der Mann hatte einen ganz weißen Bart.

»Das ist Swen Harliss«, sagte Onkel Grigorian. Strubbel fragte sich, ob alle Beamten auf Palassan Bärte hatten, sozusagen als eine Art Dienstausweis.

Zwei weitere Leute hielten sich in dem Raum auf. Harliss erklärte: »Mr. Jaik und Mr. Karin repräsentieren die beiden widerstreitenden Parteien in diesem Disput.«

Die beiden Männer neigten höflich den Kopf.

»Ich habe folgendes vor«, fuhr Harliss fort. »Ich werde einige Experten aufrufen, die euch den Hintergrund dieses Streites erläutern werden. Danach können die beiden Vertreter ihre Fälle darlegen. Wenn ihr nun auf dem Podium Platz nehmen wollt.«

Die Zwillinge und Tonne kamen sich ziemlich albern vor, als sie auf die Plattform traten und sich an den niedrigen Tisch setzten. Der Raum war viel zu groß für sieben oder acht Leute.

»Die ganze Verhandlung wird auf Video aufgezeichnet werden, so daß ihr später jeden Teil der Beweisaufnahme wieder abspielen könnt«, fügte Harliss hinzu. »Übrigens habe ich mir gedacht, daß es euch vielleicht lieber ist, wenn Grigorian hierbleibt, damit ihr nicht nur unter Fremden seid.«

»Ja, bitte«, sagte Helen.

Onkel Grigorian nahm neben dem Podium Platz, und Harliss setzte sich vor die Kinder. Neben ihm hatten es sich Mr. Jaik und Mr. Karin bequem gemacht. Nur ein Stuhl blieb frei: zwischen der Plattform und der Stelle, wo Harliss saß.

»Ich möchte euch nicht mit einer Unzahl von Namen verwirren«, erklärte Harliss. »Der erste Experte ist ein Astronom.«

Der Mann, der dann eintrat, war selbst nach den Maßstäben Palassans recht klein. Er hatte weißes Haar, war aber rasiert. Er trug diesen einteiligen Overall, mit dem offenbar die meisten Leute auf diesem Planeten bekleidet waren. Er wirkte nervös.

Der Astronom setzte sich auf den verbliebenen Stuhl und begann zu sprechen.

Vor vier Jahren hatte das Forschungsteam des Astronomen an der Universität des Planeten die Bewegungen von Sternen im Genic-Sektor in einem entfernten Winkel der Galaxie studiert. Das

Projekt hatte darin bestanden, erst kürzlich entwickelte Instrumente zu testen, mit denen die Positionen von Planeten festgestellt werden konnten. Eine Reihe von Beobachtungen erwies sich als offenkundig falsch: Die Umlaufbahnen von allen Planeten, die um einen sehr weit entfernt liegenden Stern kreisten, waren sehr stark von dem vorhergesagten Kurs abgewichen.

Während das Team die Sache durchging, hatte man auch kleine Abweichungen in verschiedenen anderen Systemen dieses Sektors gefunden. Zuerst hatten die Forscher an einen weit entfernten, verborgenen Stern gedacht, den bis dahin niemand entdeckt hatte, oder sie hatten einen unbekannten Planeten in einem dieser Systeme für dieses Phänomen verantwortlich gemacht.

Sie hatten ihre Daten in einen Computer eingegeben und ihm die Instruktionen erteilt, die Position des Sterns zu schreiben, der diese Abweichung bewirkte – ein großer Himmelskörper, der durch seine Anziehungskraft die Planeten aus ihrer Bahn riß.

Der Computer hatte ihnen ein lächerliches Ergebnis seiner Berechnungen mitgeteilt: Ein riesiger Planet wäre an der Stelle, von der jedermann wußte, daß sich dort nichts als das leere All befand.

Einer der Wissenschaftler hatte dem Computer dann eine andere Frage gestellt: Wenn denn eher ein Planet als ein Stern diese seltsamen Umlaufbahnen hervorriefe, wie würde dann seine eigene Umlaufbahn verlaufen?

Das Ergebnis des Computers war wieder genauso lächerlich und absurd. Dieser Planet, so erklärte der Computer, würde sich draußen im Universum befinden, ohne Verbindung zu einem Stern.

Nur um die ganze Sache gründlich durchzugehen, hatte dieser Forscher dann die Position des Planeten überprüft, den ihm der Computer beschrieben hatte.

Und dieser Planet existierte.

Diese Entdeckung hatte für einige Unruhe unter den Astronomen gesorgt. Zum erstenmal hatte jemand einen wandernden Planeten entdeckt. Die Wissenschaftler hatten vermutet, daß solche Planeten existierten, aber es schien keine zu geben.

Die weiteren Details und Berechnungen waren in der Schrift des Astronomen an die Akademie der Weltraumforscher enthalten. Die Schrift trug den Titel ›Einige Anomalien im Genic-Sektor‹.

Als der Astronom geendet hatte, fragte Harliss die Kinder, ob sie irgendwelche Fragen hätten. Strubbel erwiderte, daß ihnen alles sonnenklar sei. Daraufhin verließ der Astronom den Raum.

Harliss sagte: »Der nächste Zeuge ist jemand, den wir einen Vagabunden nennen. Er ist eine Art Abenteurer. Er zieht durch die unentdeckten Sektoren des Universums. Zum einen, weil es ihm Spaß macht, aber auch, um seinen Lebensunterhalt zu verdienen. Tausende von ihnen gibt es in der Galaxie. Sie reisen mit zerbeulten Hypertrans-Einheiten umher und hoffen, daß sie auf die schnelle Tour ein Vermögen machen, indem sie einen Goldmeteoriten oder dergleichen finden. Ihr Brot verdienen sie sich durch Handel, oft auch durch Schmuggel. Diese Vagabunden sind eigentlich eine Plage, aber sie haben auch ihren Nutzen, wie ihr gleich sehen werdet.«

Als der Vagabund hereinkam, stellten die Kinder fest, daß er ganz das Gegenteil zu dem Astronomen darstellte. Er trug eine dicke, ausgebeulte Hose, die von einem Gürtel gehalten wurde, sowie ein weites Hemd. Er bewegte sich recht ungeschickt, als wäre er an die Schwerkraft nicht gewöhnt, und er schien auch darüber verstimmt zu sein, seine Geschichte ein paar Beamten und Kindern erzählen zu müssen.

»Ich befand mich auf einer kurzen Reise von Geva nach Tork«, erzählte der Vagabund. »Ich hatte molekulare Transistoren bei mir. Auf Geva gibt es eine Milliarde von den Dingern, doch auf Tork haben die Leute überhaupt keine Technologie, daher zahlen die Torkas eine Menge dafür. Wie gewöhnlich machte ich einen Hypersprung aufs Geratewohl. Dort draußen gibt es keine festgelegten Routen, wenn jede Landung ein Risiko ist. Man muß den Sprung nur hart durchziehen und hoffen, daß einem nichts in die Quere kommt, wenn man sein Ziel erreicht. Das macht das Dasein als Vagabund so gefährlich.

Natürlich hätte ich auch die festgelegte Route nehmen und auf Nummer Sicher gehen können. Aber das dauert länger und ist viel teurer. Dann hätte ich auf Tork den vollen Preis für die Transistoren verlangen müssen, und damit wäre mein Gewinn futsch. Seht hier, darum dreht es sich im Leben der Vagabunden. Von jedem Planeten führt eine festgelegte Route nach Palassan, also kann man überall hingehen, wenn man den Weg über Palassan nimmt. Springt man jedoch aufs Geratewohl, dann kann man Geld sparen und kürzt ab.

Nun, auf dem Weg nach Tork empfange ich jedenfalls über Hyperwellen diese Fernsehsendung. Ein wandernder Planet, von dem noch nie jemand gehört hat, im Genic-Sektor. Ich blicke auf meine Sternenkarte, und ich komme zu dem Schluß, daß ich in der ganzen Galaxie diesem wandernden Planeten am nächsten bin.

Nach ein paar eher mißlungenen Sprüngen kostet mich das ein oder zwei Tage. Dann befinde ich mich in der Umlaufbahn des Planeten. Ich kann euch sagen, es hat mir einen gehörigen Schrecken eingejagt, so nahe zu kommen. Sterne! Ein Stück weiter, und ich wäre direkt auf dem Ding gelandet, und dann – bumm! – wäre es aus gewesen mit meinem Leben als Vagabund.

Aber da der Planet eine Atmosphäre hat und weit von einem Stern entfernt liegt, bin ich auch nicht viel klüger, denn ich kann nichts anderes erkennen als einen grauen Flecken. Also gehe ich langsam runter auf die Oberfläche des Planeten.

Ich kann euch sagen, ich verdufte ziemlich schnell wieder nach oben. Diese Würmer könnten mich und meine Hypertrans-Einheit mit einem Bissen verschlingen. Zum Glück konnte ich sie sehen. Unter den Wolken war irgendeine Lichtquelle, und die Oberfläche war hell wie der Tag. Alles, was ich sehe, sind jede Menge Würmer. Einer kommt auf mich zu, er wedelt mit dem Schwanz, und schon mache ich mich davon.

Um ehrlich zu sein, ich wäre besser sofort nach Torka gegangen. Ich habe nichts davon gehabt, daß ich auf diese Welt der Würmer gestoßen bin, außer ein paar Gulden von den Fernsehleuten, denen ich einen Augenzeugenbericht geliefert habe. Von der galaktischen Regierung gab es keine Belohnung dafür, daß ich sie gewarnt habe. Wollt ihr noch irgend etwas wissen?«

Der Vagabund hatte seinem Bericht nichts mehr hinzuzufügen, und daher entließ Harliss ihn mit einer Miene der Erleichterung.

Der dritte Zeuge war ein Captain der

Weltraumflotte. Er war frisch rasiert und braungebrannt und trug einen Overall und eine Mütze, die genauso aussah wie die Uniform der Rotkappen, nur daß seine Kluft blau war und auf seiner Brust ein weißer Stern prangte. Er war der Leiter der offiziellen Expedition zur Welt der Würmer gewesen.

»Die Expeditionsstreitkräfte machten sich zum Zielobjekt auf in Übereinstimmung mit dem imperialen Befehl Nr. G65a/339, Sektion...«

»Ja, Captain, diese Einzelheiten brauchen wir hier nicht«, erklärte Harliss. »Das ist keine offizielle Anhörung, wie Sie wissen. Erzählen Sie einfach Ihre Geschichte.«

»Sir, die Raumflotte machte in Entfernung der Umlaufbahn des besagten Planeten Station, um vorbereitende Beobachtungen durchzuführen. Der Planet war als ein Himmelskörper von ungewöhnlicher Größe eingestuft worden, Typ Q. In der Atmosphäre gab es einige Wolken, aber offensichtlich existierte kein reichliches Vorkommen von Wasser. Es gab auch keine Hinweise auf intelligentes Leben.

Während wir zur Oberfläche hinuntergingen, sahen wir, daß die Wolken seltsame pflanzliche Gebilde waren, von denen Licht abstrahlte. Auf der Höhe Null existierte ein beträchtliches tierisches Leben, vor allem Raupenwesen, die... nun, die als Würmer bekannt geworden sind.

Sie hatten einen Durchmesser von ungefähr vier Metern, ihre Länge betrug zehn Meter und mehr. Man konnte feststellen, daß sie eine Art Schweif, der wie aus Seide war, hinter sich herzogen, wenn sie sich bewegten. Zwei bedeutende Dinge traten über diesen Schweif zutage: Zuerst einmal folgte er einem geologischen Muster des Untergrunds. Zum anderen war die Substanz des Schweifes eine komplexe Plastikverbindung, die als Unilon bekannt ist. Sie wird auf verschiedenen Welten des Zentralsystems hergestellt.

Es stellte sich heraus, daß die Würmer nicht aggressiv waren und keinen Widerstand zeigten, wenn sie eingefangen wurden. Verschiedene Exemplare von verschiedener Größe ließen sich finden und waren zu kategorisieren. Bei allen waren die Gehirne sehr klein; sie bestanden hauptsächlich aus Rückenmark.

Die Vegetation auf dem Planeten war

recht einfach und lieferte den Würmern Nahrung. Nur wenige Pflanzen reagierten jedoch auf Stimuli wie Licht und Hitze.

Weitere, detaillierte Untersuchungen lagen nicht im Aufgabenbereich der Expeditionsstreitkräfte.«

Der Captain verneigte sich steif und verließ den Raum. Harliss sagte: »Damit ist der Hintergrund erklärt. Ist euch alles klar geworden?«

Strubbel beugte sich auf seinem Stuhl vor. »Ich glaube schon«, erwiderte er. »Die Wurm-Welt ist ein wandernder Planet, der zu keiner eigenen Sonne gehört. Auf ihm leben Würmer, die sich von einer einfachen Vegetation ernähren und Unilon spinnen. Wir wissen nur immer noch nicht, worüber der ganze Streit herrscht.«

»Das werdet ihr erfahren«, entgegnete Harliss. »Ich bitte nun Mr. Jaik, das Wort zu ergreifen.«

Mr. Jaik hatte ein hageres Gesicht und eine lange Nase. An seiner grünen Jacke hing ein Abzeichen mit den Buchstaben L. L. Er erhob sich.

»Ich bin der Präsident der Liga des Lebens«, sagte er. »Die Liga wird von Millionen von Menschen in der ganzen Galaxie unterstützt. Vereinfacht ausgedrückt, haben wir uns der Aufgabe verschrieben, alle Formen tierischen Lebens im Universum zu bewahren. Euch ist bisher nicht erzählt worden, was mit der Wurm-Welt passiert ist, seit die Raumflotte mit ihrem Bericht zurückgekehrt ist.

Ihr habt gehört, daß Unilon, die Substanz, die die Würmer spinnen, von enormem Wert ist. Auf verschiedenen Welten produzieren riesige Fabriken diesen Stoff mit großen Kosten. Sobald die Leute entdeckt hatten, daß eine Welt existierte, die nur darauf wartete, daß man das Unilon dort erntete, stiegen sie in Scharen auf den Wurm-Planeten herab.

Die ersten Ankömmlinge sammelten das Unilon nur mit riesigen Maschinen auf und verschifften es auf andere Welten. Später wurden ausgefeiltere Methoden angewendet. Die Würmer wurden gezwungen, in gerade Linie zu spinnen, damit das Aufsammeln des Stoffes leichter fiel. Um sie zu solch einem Verhalten zu veranlassen, muß man einen Eingriff in ihr Gehirn vornehmen.

Auf dieser Welt gibt es nun Unilon-Fabriken, wo versklavte Würmer in gerader Linie Tag und Nacht spinnen, bis sie tot umfallen. Die Liga des

Lebens hat den größten Teil der Wurm-Welt übernommen, um zu verhindern, daß sich diese fürchterliche Praxis weiter ausbreitet.«

Harliss unterbrach den Mann. »Ich denke, ich darf Sie bitten, einen Moment innezuhalten, Mr. Jaik. Ich sollte nun wohl erklären, daß es entlang der Grenze des Liga-Besitzes auf der Wurm-Welt zu Kämpfen gekommen ist. Die Erntearbeiter und die Beamten der Liga haben sich erst mit Handfeuerwaffen, später mit Raketen bekämpft. Jede Seite beschuldigt die andere, den Kampf ausgelöst zu haben. Die Regierung hat die Kämpfe beendet und hat seither versucht, einen Waffenstillstand herbeizuführen. Und darum seid ihr hier. Nun wird Mr. Karin euch seine Version der Geschichte erzählen.«

Mr. Karin hatte ein rauhes, vom Wetter gezeichnetes Gesicht. Er sah ein wenig wie ein Vagabund aus. Unter seinem Arm hielt er ein Bündel Papiere. Helen hoffte nur, daß er keine lange Rede halten würde.

Der Mann sagte: »Ich repräsentiere die Gewerkschaft der Unilon-Erntearbeiter, zu der sich alle Arbeiter der Wurm-Welt zusammengeschlossen haben, um ihre Rechte zu schützen. Eine Viertelmillion

Leute, dazu kommen noch Ehefrauen und Kinder, sind davon abhängig, auf der Wurm-Welt ihren Lebensunterhalt zu verdienen. Die Liga der Lebensretter vergißt das, wenn sie von den armen Raupen spricht.

Es stimmt auch nicht, daß die Würmer auf unseren Farmen leiden. Sie bekommen das Fressen, das sie mögen, und sie werden vor Krankheit und irgendwelchen Raubtieren bewahrt. Und wenn die Würmer wirklich leiden, warum versuchen sie dann nicht auszureißen? Die Antwort ist: Sie sind eben auf ihre eigene beschränkte Art glücklich. Die Liga des Lebens ist lediglich ein Haufen Wichtigtuer, die sich einmischen, weil sie nichts Besseres zu tun haben.«

Harliss unterbrach wieder. »Nun, ich möchte nicht, daß diese Verhandlung in eine gegenseitige Beschimpfung ausartet.« Er blickte zum Podium. »Habt ihr irgendwelche Fragen?«

»Einen Moment«, entgegnete Strubbel. Er wandte sich Helen zu und flüsterte. »Ich werde jedem von den beiden eine Frage stellen. Beobachte sie aufmerksam.« Dann wandte er sich wieder den drei Männern zu.

»Mr. Jaik, erklären Sie mir in einem

Satz, warum Sie die Würmer schützen möchten.«

»Ich möchte Grausamkeiten verhindern und die Vielfalt tierischen Lebens in der Galaxis bewahren«, antwortete Mr. Jaik.

»Mr. Karin, warum sind Sie gegen die Liga des Lebens?«

»Es ist meine Aufgabe, mich um die Jobs von zweihundertfünfzigtausend Arbeitern zu kümmern«, lautete seine Antwort.

Strubbel drehte sich erneut zu Helen herum. »Nun«, flüsterte er, »die Sache ist einfach. Gebrauche deine Power-Gabe. Wer von ihnen lügt?«

»Ganz einfach«, erwiderte Helen. »Sie lügen beide.«

Nachtflug

Helen erwachte, weil jemand sie an der Schulter schüttelte. Sie öffnete die Augen und sah Strubbel.

»Steh auf«, sagte er.

Helen blickte auf ihre Uhr. »Es ist mitten in der Nacht«, sagte sie protestierend.

»Das macht nichts. Zieh dich an. Ich wecke Tonne auf.«

Helen zog sich ihre Kleider über. Sie wußte, daß Strubbel keinen Spaß machte. Als sie in den Wohnraum des kleinen Bungalows ging, sprach Strubbel in das Intercom.

»Wie spät ist es in England?« fragte er.

Onkel Grigorians Stimme drang aus dem Intercom. »Ungefähr Mittag.«

»Ich glaube, wir sollten mit Mum sprechen.«

»Sofort?«

»Warum nicht? Wir sind alle wach.«

»Also gut. Ich werde die Relais-Anlage aufbauen. Das wird ein paar Minuten dauern.«

Helen blickte sich im Zimmer um. Auf dem Tisch in der Mitte stapelten sich Taschenbücher und Videobänder. Sie fragte Strubbel: »Bist du überhaupt im Bett gewesen?«

»Ich habe ein wenig herumgeforscht und einige wichtige Dinge herausgefunden.«

»Warum willst du mit Mum sprechen?«

»Vielleicht werden wir eine Zeitlang keine Gelegenheit mehr dazu haben.«

Tonne kam mit Klacks auf der Schulter herein. In der letzten Zeit nahm er den Streichelball nicht mehr herunter. »Was ist los?« murmelte er.

Durch das Intercom erklang das vertraute Klingeln eines Telefons. Onkel Grigorians Stimme sagte: »Ihr habt Verbindung zur Erde.«

»Hallo«, sagte Mrs. Price.

»Hallo, Mum«, erwiderte Strubbel.

»Das ist aber eine schöne Überraschung! Habt ihr viel Spaß? Geht es euch gut?«

»Es geht uns ausgezeichnet«, erwiderte Strubbel. »Helen hat die Schafe gesehen, und Tonne und ich sind mit dem Traktor gefahren. Onkel Grigorian meinte, wir sollten anrufen und dir sagen, daß alles in Ordnung mit uns ist.«

»Das war sehr aufmerksam von ihm. Nun, wir müssen kein teures Gespräch führen. Ich muß auch mit dem Essen für die Gäste weitermachen. Vielen Dank, daß du angerufen hast.«

»Auf Wiedersehen, Mum.« Strubbel wandte sich vom Lautsprecher ab.

»Also«, erklärte er dann den anderen, »überlaßt das Reden nun mir.« Er begab sich zur Tür und öffnete sie. Die Rotkappe, die Wache hielt, schlenderte herüber.

»Ich habe meine Spiele in Onkel Grigorians Hypertrans vergessen«, erklärte Strubbel ihm. »Ich möchte hingehen und sie holen.«

Die Rotkappe runzelte die Stirn. »Hat das nicht bis morgen Zeit?« fragte er. »Verstehst du, es ist nachts nur einer von uns hier. Ich soll euch bewachen. Wenn ich hierbleibe, dann bist du allein, und wenn ich mit dir gehe, dann muß ich die anderen beiden zurücklassen.«

»Das ist überhaupt kein Problem«, erklärte Strubbel überzeugend. »Sie können auch mitkommen. Ich brauche ohnehin ihre Hilfe, um das ganze Zeug zu tragen.«

»Na gut«, erwiderte die Rotkappe. »Gehen wir.«

Die Rasenflächen wurden von zwei Monden erhellt; der eine war groß und silberfarben, der andere klein und gelb. Die Zwillinge, Tonne und die Rotkappe eilten über die Kieswege, bis sie jene Stelle erreichten, wo sie auf Palassan gelandet waren.

Das Gebäude war offen, und sie fanden ihren Weg zu Onkel Grigorians ›Büro‹ ohne jede Schwierigkeit. Als sie eintraten, deutete Strubbel auf den Aktenschrank.

»Die Spiele sind da drinnen«, sagte er.

»Ich weiß nicht«, erwiderte die Rotkappe mit einem Grinsen. »Ihr Leute von der Erde spielt eure Spiele zu einer seltsamen Zeit.«

Strubbel öffnete die Schranktür und legte zwei Schalter herum.

»He!« rief die Rotkappe.

Das Gebäude jenseits der Mauern verschwamm und war verschwunden.

»Was hast du da gemacht?« rief die Rotkappe verärgert.

»Sie können nicht mit einem Hypertrans umgehen, oder?« fragte Strubbel.

»Nein.« Die Rotkappe öffnete eine Tasche ihrer Uniform und zog eine kleine Pistole hervor. »Aber du bringst uns besser schnell nach Palassan zurück, oder ich schieße dir dein Bein weg.«

Helen sagte: »Keine Sorge, Strubbel. Er blufft nur.«

Die Rotkappe sah erschrocken aus. »Zum Teufel mit euch«, murmelte er.

»Da Sie uns nicht zwingen können, nach Palassan zurückzukehren, gewöhnen Sie sich lieber an den Gedanken, mit uns zu kommen«, sagte Strubbel. »Wenigstens können Sie uns auf diese Weise beschützen. Wie heißen Sie?«

»Arman.«

»Strubbel, kannst du uns bitte erklären, was du vorhast?« sagte Helen.

»Ja.« Strubbel nahm ein paar neue Einstellungen an den Anzeigen vor. »Mit diesen Dingern kann man relativ leicht umgehen, wenn man sich eine Sternenkarte angesehen hat«, sagte er. »Nun, ich habe eine Menge entdeckt, während ihr friedlich geschlummert habt. Zuerst einmal habe ich einiges über die Liga des Lebens gelesen. Bis vor drei Jahren war es nicht mehr als ein Haufen von

Spinnern. Dann kamen sie unerwarteterweise zu Geld und wurden ein mächtiger Verein. Das Ganze geschah, kurz nachdem die Wurm-Welt entdeckt worden war.

Es gibt ein Gesetz, das besagt, daß alle Wohlfahrtsvereinigungen erklären müssen, woher ihr Geld stammt. In den letzten drei Jahren hat die Liga Spenden von einer Einrichtung erhalten, die sich Gulben Trust nennt. Ich habe auch etliches über den Gulben Trust nachgelesen. Er gibt Geld für alle möglichen Dinge – Schulen, Forschungsprojekte, Hilfsfonds bei Hungersnöten, verschiedene Wohlfahrtsverbände.«

»Was hat das alles mit uns zu tun?« fragte Tonne.

»Warte einen Moment. Ich komme schon auf den Punkt. Der Gulben Trust wird von einem Mann mit Namen Jo Lee Olsom geleitet.«

»Was ist das für ein Mann?«

»Sei still, Tonne, und ich werde es dir sagen. Jo Lee Olsom ist mittlerweile im Ruhestand, aber er war der Chef einer Firma, die ›Unilon-Konzern‹ heißt. Heute führen seine Söhne die Firma. Und sie haben eine Menge Geld verloren, seit es das billige Unilon von der Wurm-Welt gibt.«

»Ich verstehe!« sagte Helen. »Mit anderen Worten, die Liga des Lebens wird vom ›Unilon-Konzern‹ bezahlt, damit sie für die Wurm-Welt eintritt und Ärger macht.«

»Genau«, erwiderte Strubbel. »Aber das ist noch nicht alles. Ich habe mir auch die Gewerkschaft der Unilon-Erntearbeiter angeschaut. Mit ihr steht es genauso schlimm. Sie repräsentieren keineswegs die Arbeiter der Wurm-Welt. Es ist überhaupt keine richtige Gewerkschaft mit gewählten Vertretern und dergleichen. Es ist ein Verein, der drei Männern gehört, die Wurmfarmen betreiben.«

Tonne meinte: »So, wie ich die Sache sehe, ist niemand ehrlich zu uns gewesen.«

»Wenn man es auf einen Nenner bringen will, dann stimmt das«, entgegnete Strubbel. »Also müssen wir noch einmal ganz von vorne anfangen.«

»Wo reisen wir denn hin?« fragte Helen.

»Zur Wurm-Welt«, sagte Strubbel und drehte wieder an den Anzeigen.

Sie landeten auf der wilden, unzivilisierten Seite jener Welt, die von der Liga übernommen worden war, um die Farmer fernzuhalten. Strubbel benutzte eine festgelegte Route, nur den letzten Sprung führte er wie die Vagabunden aufs Geratewohl durch.

Sie landeten mitten in einer Gruppe von Würmern.

Die Wurmwesen waren riesig – viel größer als Wale. Sie sahen mehr wie Raupen denn wie Würmer aus; an jedem ihrer Segmente hatten sie winzige Beine. Sie hatten dunkle Augen mit vielen Facetten. Und wenn sie krochen, dann tauchte unter ihnen ein dickes Band Unilon auf.

Entsetzt und fasziniert zugleich blickten die vier in dem Hypertrans durch die durchsichtigen Wände.

Helen sagte: »Hin und wieder ändern sie abrupt ihre Richtung. Es ist als würden sie ... als würden sie einer Spur folgen.«

Arman ergriff das Wort. Fast während der gesamten Reise war er still gewesen; er hatte nur mit düsterem Gesicht dagesessen. Aber die Wurm-Welt ließ ihn vergessen, daß er eigentlich schlechter Stimmung sein sollte. »Vielleicht suchen sie Nahrung«, sagte er.

»Das ist eine andere Art von Bewegung«, erwiderte Helen.

»Der Captain hat gesagt, daß es etwas mit den Steinen und dem Untergrund zu tun hat«, fiel Tonne ein.

Strubbel blickte nach unten. »Sie legen eine Art Netzwerk mit Unilon aus«, sagte er. »Es sieht komplex genug aus, daß es für etwas gut ist ... daß es einen Zweck hat, aber ...« Er hielt inne.

»Ich gehe nach draußen«, sagte Tonne.

»O nein, das tust du nicht.« Arman erinnerte sich wieder an seine eigentliche Aufgabe.

»Lassen Sie ihn«, sagte Strubbel. »Wir wissen, daß die Würmer harmlos sind.«

Tonne öffnete den Teil der Wand, der als Tür diente. Sein Gesicht war ziemlich weiß, aber er stellte Tapferkeit zur Schau. »Los geht es!« rief er und trat hinaus.

Er roch die Luft, dann wandte er sich um und bedachte die Zwillinge mit einem übertriebenen Achselzucken. Er machte ein paar Schritte und beugte sich vor, um einen Faden Unilon zu berühren.

»Au!« rief er und zog schnell seine Hand zurück.

»Was ist passiert?« rief Helen ängstlich.

»Es kribbelt«, antwortete Tonne.

Strubbel war ganz aufgeregt. »Wie bei einem leichten elektrischen Schlag?«

»Ja.« Tonne kehrte zur Hypertrans-Einheit zurück. »Was glaubst du, hat das zu bedeuten?«

»Ich weiß es nicht«, entgegnete Strubbel, »aber es bedeutet etwas.« Er öffnete den Aktenschrank.

»Sollen wir weiterfahren?« schlug Helen vor. »Ich würde mir gerne anschauen, was die Würmer fressen.«

»Große Geister denken immer dasselbe«, erwiderte Strubbel. »Los geht es!«

Er bewegte die Hypertrans-Einheit in kleinen Sprüngen über die Oberfläche des Planeten, bis sie auf einer großen Ebene voller dunkelgrüner Pflanzen landeten. Die Pflanzen hatten große Blätter, die wie Untertassen aussahen und sich wie Radaranlagen gen Himmel streckten.

»Also«, erklärte Strubbel. »Der Captain hat gesagt, daß diese Vegetation auf Licht und Hitze reagiert. Ich frage mich, was er damit gemeint hat.«

»Ich schätze, wenn du eine Taschenlampe auf sie richtest, dann wenden sie sich dem Licht zu«, sagte Helen. »Laßt es uns probieren.«

»Wer hat eine Taschenlampe?« fragte Strubbel. »Arman?«

»Ja.« Arman hatte nun sein Interesse an diesem Planeten entdeckt. Er öffnete den Reißverschluß an einer seiner Taschen und zog eine kleine Taschenlampe hervor.

Strubbel öffnete die Tür und richtete die Taschenlampe mitten auf eines der wie Untertassen aussehenden Blätter. Langsam lenkte er den Strahl dann zum Rand des Blattes. Die Pflanze rührte sich nicht.

»Damit ist unsere Theorie hinüber.«

»Nicht unbedingt, Helen. Ich will etwas anderes versuchen.« Er zog ein Taschenmesser hervor und stieß es durch den Stiel der Pflanze. Dann besah er sich den abgeschnittenen Stiel und stach mit dem Finger hinein.

»So weit, so gut«, erklärte er. »Seht ihr das?« Er zeigte den Stiel den anderen. »Irgendeine harte Substanz zieht sich durch die Pflanze.«

Strubbel schraubte das Vorderteil der Taschenlampe ab und nahm die Birne heraus. »Haben Sie ein Feuerzeug, Arman?«

Arman zog den Reißverschluß einer anderen Tasche auf und reichte Strubbel sein Feuerzeug.

»Gut«, sagte Strubbel. »Das Feuerzeug wird sowohl Hitze als auch Licht liefern.« Er entzündete die Flamme und hielt sie nahe an das Blatt. Dann nahm er die Glühbirne und drückte sie mit dem Gewinde gegen die harte Substanz im Stiel der Pflanze.

Die Glühbirne begann zu flackern.

»Das ist es!« rief Strubbel. »Hitze und Licht auf der Oberfläche des Blattes lassen Elektrizität in der Pflanze entstehen.«

»Gut«, sagte Arman. »Kann ich jetzt bitte mein Feuerzeug und meine Taschenlampe wiederhaben?«

Strubbel reichte ihm beides. »Es ist ein System, begreift ihr?« sagte er. »Die Pflanzen erzeugen Elektrizität – das Unilon ist elektrisch geladen. Die Würmer fressen die Pflanzen und erzeugen das Unilon. Es paßt alles zusammen – aber wozu ist das alles gut?«

»Ich habe Hunger«, sagte Tonne.

»Ich auch«, stimmte Helen ihm zu. »Und der arme Arman sieht ganz besorgt aus. Warum fahren wir nicht auf die andere Seite des Planeten und statten den Farmern einen Besuch ab?«

»Also schön«, sagte Strubbel. »Vielleicht finden wir dort einige Antworten.«

Der Erdbeben-Hinweis

Sie hielten am Rand einer kleinen Stadt an. Die Wolke über ihnen war sehr dünn und verbreitete nur wenig Licht. Es war kalt.

Der Ort erinnerte Tonne an einen Film über die Goldgräberstädte in Alaska, den er einmal gesehen hatte. Dort hatte es auch wacklige Fertighäuser, unbefestigte Straßen und schmutzige Läden gegeben.

Um warm zu bleiben, beeilten sie sich. Sie bahnten sich ihren Weg zur Mitte der Stadt und hielten nach einem Café Ausschau.

Offenbar hatte man hier keinen Hypertrans oder eine Untergrundbahn. Elektrowagen, die wie schnelle Golfkarren aussahen, sausten durch die Straßen. Viele der Leute trugen Pelzmützen.

Strubbel hatte eine Idee. »Haben Sie irgendwelches Geld bei sich?« fragte er Arman.

»Ja. Nicht viel, aber genug für eine Mahlzeit.«

»Welche Währung haben die Leute hier? Haben sie anderes Geld?«

»Nein. Die Welt ist noch sehr neu – keine Zeit für die Leute hier, neues Geld anzuschaffen. Sie sprechen auch Galingua, genau wie wir.«

Ein paar Leute starrten Arman unfreundlich an. Dann sagte er: »Ich glaube nicht, daß Rotkappen hier sonderlich beliebt sind.«

»Sie verkleiden sich am besten«, schlug Helen vor. »Strubbel, gib ihm deine Jacke.«

»Ich werde frieren.«

»Es ist nicht für lange. Bitte, Arman. Nun nehmen Sie noch Ihre Mütze ab.« Sie schaute den Mann an und prüfte, wie er nun aussah. »Jetzt sind Sie nur noch ein Mann, der rote Hosen trägt.«

Bald entdeckten sie ein großes, erleuchtetes Fenster. Dahinter konnten sie Tische, Stühle und einige wenige Leute sehen, die gerade etwas aßen. Sie gingen hinein und setzten sich.

Der Mann hinter der Theke rief: »Wollt ihr etwas essen oder nur einen Kaffee?«

»Etwas zu essen«, entgegnete Arman, indem er für sie alle sprach. »Was haben Sie denn anzubieten?«

»Eintopf, Eintopf oder Eintopf«, entgegnete der Mann.

»Ich schätze, wir nehmen dann den Eintopf. Viermal.«

Der Mann brachte vier große Schüsseln und vier Löffel. »Zehn Credits«, sagte er, als er das Essen auf den Tisch knallte.

»Was!« rief Arman ungläubig. »Dafür kann man vier dicke Steaks bekommen.«

»Wir sind hier auf der Wurm-Welt, Bruder. Zehn Credits.«

Widerwillig zahlte Arman, dann starrten alle ihr Essen an.

»Ich frage mich, was das wohl sein mag«, sagte Tonne.

»Nun, diese grünen Stücke sind wahrscheinlich von den Pflanzen hier«, meinte Strubbel abschätzend.

»Und was ist mit dem Fleisch? Es schmeckt gut.«

»Dreimal dürft ihr raten«, sagte Strubbel. »Ich meine, was gibt es auf diesem Planeten schon außer diesen Pflanzen?«

»Würmer«, erwiderte Tonne.

»Da hast du deine Antwort.«

»O Gott.« Helen schob ihren Teller beiseite.

Der Mann am Nebentisch beugte sich zu ihnen vor. »Ihr seid neu hier«, sagte er.

Helen schaute ihn an. Sie war sich nicht sicher, ob er sich einen Bart wachsen ließ oder ob er vor ein paar Tagen einfach aufgehört hatte, sich zu rasieren. Er trug einen schäbigen Hut, und ihm fehlte ein Schneidezahn.

»Ja, wir sind neu hier«, sagte Helen.

»Sie haben euch nichts über das Essen gesagt, was?« Der Mann lachte spöttisch. »Das tun sie nie.«

»Sie sind schon lange hier, nicht wahr?« fragte sie.

»Ja. Schon drei Jahre. Ich gehörte zu der ersten Schiffsladung von Idioten, die hier ankam.«

Strubbel mischte sich ein. »Irgend etwas anderes, das man vergessen hat, uns zu sagen?«

Der Mann kicherte wieder. »Wohl so ungefähr alles. Die Erdbeben, um damit anzufangen. Dann die Preise für alles mögliche, vor allem für die Fahrt zurück nach Hause. Oh, sie reden natürlich von den Löhnen. Hundert Credits in der Woche plus ein Bonus. Und dann findet man heraus, daß eine Schüssel Wurm-Eintopf zwei Credits fünfzig kostet, und ...«

»Was hat es mit diesem Erdbeben auf sich?« unterbrach Strubbel den Mann. Er hatte aufgehört zu essen und musterte ihren Nachbarn eindringlich.

»Oh, alle paar Monate gibt es diese Erdbeben. Sie vernichten alle Häuser, und vielleicht werden ein paar Leute getötet. Manchmal sind es schwere Erdbeben, manchmal nicht. Ganz sicher überlebt man das nur, wenn man in einem Hypertrans wohnt. Da leben die Vorarbeiter. Ja. Sir!«

»Weiß man, was diese Erdbeben auslöst?«

»Die Leute sagen, es ist elektrisch, aber niemand weiß es genau. Alles geht kaputt, also bauen wir es wieder auf ...«

Strubbel hörte gar nicht mehr zu. Er schlug sich vor Freude auf das Knie und flüsterte: »Das ist es! Das ist es!« Arman blickte ihn eindringlich an.

»Dann spuck es aus!« forderte Helen ihn auf.

»Dafür gibt es die Elektrizität. Liegt das nicht auf der Hand? Die Elektrizität von den Pflanzen wandert durch das Unilon hinunter in den Kern des Planeten. Die Elektrizität verschiebt das

Gestein und verursacht so die Erdbeben. Und auf diese Art und Weise bewegt sich der Planet.«

»Ich verstehe das nicht«, sagte Helen.

»Ich auch nicht«, rief Tonne.

Strubbel dachte eine Minute lang nach. »Habt ihr schon einmal gesehen, wie bei uns zu Hause die alten Männer auf dem Rasen Bowling spielen? Nun, die Bälle, die sie benutzen, sind nicht im Gleichgewicht – sie sind auf der einen Seite schwerer als auf der anderen. Daher rollen sie nicht gerade, sondern in einer Kurve. Nun, wenn die schwere Materie im Kern eines Planeten verschoben wird, dann bewegt sich der Planet in einer Kurve, nicht wahr? Also bestimmen die Erdbeben die Bewegung der Wurm-Welt.«

Helen sagte: »Ich kann dem zwar folgen, aber ich begreife nicht, warum das solch eine großartige Entdeckung ist.«

Arman hingegen erklärte: »Ich fürchte, ich verstehe es sehr gut.« Der Tonfall seiner Stimme hatte sich verändert. Helen blickte ihn überrascht an. Dann sah sie, daß er eine kleine Pistole in der Hand hielt.

»Steht auf und geht leise hinaus«, sagte er. »Diesmal meine ich es ernst.«

Strubbel schaute Helen an.

Sie sagte: »Jetzt blufft er nicht.«

Verblüfft erhoben sich die drei Kinder und gingen hinaus. Arman folgte ihnen. Der alte Mann am Nebentisch warf ihnen einen erstaunten Blick zu und aß dann weiter.

Arman dirigierte sie die Straße hinab zu einem großen Steingebäude. Im Innern des Gebäudes zeigte er einem Beamten hinter einem Schreibtisch ein glänzendes quadratisches Ding, das wie ein Abzeichen oder ein Ausweis aussah.

»Ich möchte diese drei in eine Zelle sperren«, sagte er.

Der Ausweis Armans schien den Beamten einzuschüchtern. »Ja, Sir!« sagte er. »Hier entlang, Sir!«

Die Kinder wurden in einen winzigen Raum gebracht. Das Fenster war vergittert, und in der Tür befand sich ein Spion. Arman stand in der Tür, seine Pistole war noch auf sie gerichtet.

»Ich muß euch ehrlich bewundern«, sagte er in seiner neuen, vertrauten Stimme. »Ihr habt alles in unglaublich kurzer Zeit herausgefunden. Aber wir dürfen nicht zulassen, daß es auch der Rest der Galaxis erfährt, nicht wahr?«

»Nein, das können wir nicht«, erwiderte Strubbel matt.

»Du hast sogar herausgefunden, daß ich ein Geheimagent bin, der für die Farmbesitzer arbeitet, nicht wahr?«

Strubbel nickte.

Helen stöhnte auf. »Warum habe ich Sie nicht verdächtigt? Meine Power-Gabe sollte eigentlich ...«

Arman lächelte. »Du hast doch gewußt, daß ich mich unbehaglich fühle, nicht wahr?«

»Ja, aber ich habe gedacht, daß Sie sich vor der Wurm-Welt fürchten – oh, ich war so dumm!« Vor Zorn schlug sie sich mit der Faust gegen die Stirn.

»Setzt euch und zeigt euch als gute Verlierer«, sagte Arman und schloß die Tür der Zelle.

Helen schaute Strubbel an. »Was ist es, das Arman und du verstehen, aber Tonne und ich nicht?«

»Ich werde das Ganze noch einmal durchgehen«, erwiderte Strubbel. »Der Planet bezieht seine Energie von den Sternen – oder der Sonne, wenn eine in der Nähe ist – durch die Pflanzen. Sie verwandeln das Sonnenlicht in Elektrizität. Durch das Unilon gelangt die Elektrizität in das Innere des Planeten, wo es enorme Verschiebung bewirkt, so daß sich der Planet bewegt. Ich habe gewußt, daß es mit dem Netzwerk des

Unilon etwas auf sich haben muß. Aber nun begreife ich es. Das Unilon besitzt einen Verstand. Die Wurm-Welt lebt. Der ganze Planet ist ein riesiges Tier.«

Allmählich dämmerte es auch Helen, und sie verstand. »Warum nicht? Es kann denken, es kann sich bewegen, es ernährt sich vom Sonnenlicht, und es kann sich heilen, wenn es verletzt ist. Ich schätze, das erledigen die Würmer – sie heilen die beschädigten Teile des Gehirns?«

»Ja, das paßt zusammen. Die Raupen werden von leichten Bewegungen im Untergrund kontrolliert.«

Tonne mischte sich ein. »Nun, das ist alles gut und schön, aber ...«, er strich Klacks über das Fell, als suche er irgendwo Trost, »... wie paßt Arman ins Bild?«

»Ich bin sicher, daß die Farmer längst die Wahrheit über die Wurm-Welt herausgefunden haben. Nun, denk mal nach. Der Planet konnte unmöglich genug Energie von den Sternen bezogen haben, um eine solche Masse Gestein zu bewegen. Er benötigt eine Sonne in der Nähe. Vermutlich sieht sich der Planet nun nach der richtigen Sonne um. Ich schätze, er wird sich die nächste als Heimat suchen. Er wird dabei alle anderen Planeten im Sternensystem aus ihrer Bahn bringen – und wenn ein Planet aus seiner Umlaufbahn gerät, dann wird mit ziemlicher Sicherheit alles Leben auf ihm ausgelöscht. Du verstehst, die Eiskappen schmelzen und überfluten alles, die Ernte wird verbrannt und so weiter.

Sobald die Regierung all dies über die Wurm-Welt herausfindet, wird sie den Planeten in die Luft sprengen wollen. Schließlich muß ihnen menschliches Leben am wichtigsten sein. Also versuchen die Farmer die Wahrheit geheimzuhalten, so daß sie soviel Unilon wie möglich beschaffen, bevor alles ans Tageslicht kommt. Arman war ein Spion, der von den Farmern auf uns angesetzt war und der uns aus dem Weg räumen sollte, wenn wir die Wahrheit herausgefunden hatten.« Und mit Bitterkeit fügte er hinzu: »Wir haben ihm direkt in die Hände gespielt.«

Mit leiser Stimme fragte Tonne: »Gibt es etwas, das wir noch tun können?«

»Zuerst müssen wir hier herauskommen.«

»Und dann?«

»Dann müssen wir mit dem Planeten sprechen.«

Alles fällt hinunter

In der Ferne war ein Rumpeln zu hören, wie der Donner von Lastwagen, die über eine Schnellstraße rasen. Strubbel blickte auf, und die anderen folgten seinem Blick. Die Glühbirne, die an einem Kabel von der Decke hing, schwang hin und her. Als die Kinder hinaufschauten, entstand plötzlich ein Riß im Mauerwerk.

»Unter das Bett!« schrie Strubbel.

Die drei warfen sich unter das Eisengestell des Bettes, das an einer Wand der Zelle stand. Das Rumpeln klang immer näher.

»Das ist ein Erdbeben!« stöhnte Tonne. Er strich Klacks über den Pelz.

Der Boden schien zu schwanken. Teile

vom Putz und Gesteinsbrocken stürzten auf das Bett und auf den Boden. Das Rumpeln wurde ohrenbetäubend. Von irgendwoher im Gebäude waren Schreie zu hören, und ein Mann rief etwas. Helen bedeckte ihre Ohren mit den Händen und kniff vor Entsetzen die Augen zusammen.

Es schien eine Ewigkeit so weiterzugehen. Dann war plötzlich alles wieder still. Helen öffnete die Augen.

»Ist alles in Ordnung mit euch?« flüsterte sie.

»So ungefähr«, erwiderte Tonne.

»Ja«, sagte Strubbel. »Seht her!« Er deutete mit dem Finger.

Helens Blick folgte seinem Finger – und sie sah die Straße draußen. In der Wand ihrer Zelle war ein großes Loch.

Die Kinder krochen unter dem Bett hervor, bahnten sich einen Weg durch die Trümmer in der Zelle und stiegen durch das Loch nach draußen. Sie schauten sich einen Moment um und versuchten sich zu orientieren, dann liefen sie, ohne ein Wort zu wechseln, die Straße hinunter aus der Stadt hinaus.

Sie konnten erkennen, daß es kein besonders schweres Erdbeben gewesen war. Einige der Holzhäuser waren eingestürzt, aber die Steingebäude standen noch, obschon sie beschädigt waren. Alle Fenster waren zerbrochen, auch das große Fenster des Cafés, in dem sie den Wurm-Eintopf gegessen hatten.

In der allgemeinen Verwirrung kümmerte sich niemand um sie. Die Leute halfen den Verletzten, betrachteten die Schäden oder suchten in den Trümmern nach Toten. Aber Armans erster Gedanke wäre vermutlich, nach seinen Gefangenen zu sehen, also hatten die Kinder nicht viel Zeit.

Über einen Flecken ödes Land liefen sie an dem letzten Gebäude der Stadt vorbei zum Hypertrans hinüber und sprangen hinein. Strubbel begab sich zu den Kontrollen. Die Welt draußen verschwamm, und sie waren unterwegs.

Strubbel bewegte das Gefährt wieder in kurzen Sprüngen. »Ich suche nach einer schönen Stelle mit diesen lichtempfindlichen Pflanzen«, murmelte er vor sich hin.

Helen fragte: »Hast du das wirklich so gemeint, daß du mit dem Planeten sprechen willst?«

»Ja«, entgegnete er kurzangebunden. Er konzentrierte sich auf die Anzeigen.

»Aber welche Sprache willst du benutzen?«

»Das Morsealphabet«, erwiderte er. »Ja, das wird klappen.«

Er hielt das Hypertrans an und blickte sich um. Sie befanden sich mitten auf einem Feld. Eine Meile entfernt fraß eine Herde Würmer zufrieden. Über ihnen gab die Wolke ein konstantes, mattes Licht ab.

»Helft mir, den Teppich wegzurollen«, sagte Strubbel.

Verblüfft standen die anderen auf und hoben die Ecken des grauen Teppichs an. Nachdem sie ihn zusammengerollt hatten, schafften sie die Möbel beiseite und stellten sie auf den nackten, durchsichtigen Boden.

Strubbel stand neben dem Lichtschalter. »Nun geht es los«, sagte er. Für einen Moment schaltete er das Licht aus, dann ließ er es dreimal aufflackern.

Nichts geschah.

Daraufhin wiederholte er das Ganze.

Wieder passierte nichts.

Strubbel sagte: »Wenn der Planet wirklich über einen Verstand verfügt, dann hoffe ich, daß er das wiederkehrende Muster erkennt. Die Lampen hier sind ziemlich stark, aber vielleicht sind sie trotzdem zu matt, als daß ein solches Gehirn sie bemerkt.«

Strubbel wirkte ziemlich enttäuscht.

»Wie willst du wissen, ob der Planet das Signal erkennt?« fragte Helen.

»Seht!« rief Strubbel, statt zu antworten. Sie blickten alle zum Himmel.

Die Lichtwolke wurde heller, dann wurde ihr Licht dreimal matter.

»Seht ihr? Wir können mit dem Planeten reden.« Strubbel ließ das Licht im Hypertrans viermal aufleuchten, und die Wolke erhellte sich als Antwort ebenso viermal. »Nun«, erklärte Strubbel, »müssen wir nur noch eine gemeinsame Sprache entwerfen.«

Helen sagte: »Das überlasse ich euch. Ich bin todmüde.« Sie setzte sich in einen Sessel, schloß die Augen und schlief ein.

Das Geräusch der Schreibmaschine auf Onkel Grigorians Bürotisch weckte Helen. Sie blickte auf ihre Armbanduhr und sah, daß sie fünf Stunden geschlafen hatte. Tonne schnarchte friedlich in einem Sessel neben ihr.

Strubbel saß an dem Tisch und hackte mit zwei Fingern auf der Schreibmaschine herum. Die Lichter im Hypertrans schalteten sich kontinuierlich aus und an. Die Schreibmaschine war über ein Gewirr von Kabeln mit dem Aktenschrank, dem Lichtschalter und einem der untertassenförmigen Blätter draußen auf dem Feld verbunden.

»Was, zum Teufel, tust du da?« fragte Helen noch schläfrig.

Strubbel sah sehr müde, allerdings auch hocherfreut aus. Sein Gesicht wirkte bleich und abgespannt, aber seine Augen funkelten voller Begeisterung. »Ich habe den Computer hier programmiert«, sagte er und deutete auf den Aktenschrank, »damit er das übersetzt, was ich als Lichtsignale tippe. Wenn der Planet mir antworten will, dann läßt er die Wolke aufleuchten. Das Blatt draußen nimmt die Lichtsignale von der Wolke auf und gibt sie an den Computer weiter, und der Computer schreibt die Worte hier auf.«

»Was hast du herausgefunden?«

»Der Planet stirbt – und wir müssen ihn retten.«

Tonne wachte auf.

»Hört mir beide zu«, sagte Strubbel. »Ich hatte recht damit, daß der Planet sich nach einer Sonne umsieht. Der Planet verhungert förmlich – seine Energiereserven gehen zu Ende. Aber als die Farmer auftauchten und die Würmer in gerader Linie Unilon spinnen ließen, da war es, als hätten sie dem Planten ein Betäubungsmittel verpaßt. Sein Gehirn schlief ein. Als ich die Lichter aufleuchten ließ, da funktionierte das wie ein Wecker. Ich habe den Planeten aufgeweckt. Das müssen wir der Regierung mitteilen.«

»Aber ich habe gedacht, du hast gesagt, die Regierung würde den Planeten in die Luft sprengen«, sagte Tonne.

»Ich habe mit dem Planeten eine Verabredung getroffen«, erwiderte Strubbel. »Er wird den Farmern gestatten, auf bestimmten Abschnitten seiner Oberfläche zu arbeiten und eine bestimmte Menge Unilon zu ernten. Im Gegenzug habe ich versprochen, daß die Regierung eine Sonne suchen wird – eine Sonne, in deren System es keine bewohnten Planeten gibt. Auf diese Weise sind die Farmer zufrieden und der Planet ebenso. Sogar die Unilon-Hersteller auf den anderen Welten werden einverstanden sein, denn es wird nicht genügend Unilon auf der Wurm-Welt produziert werden. Unilon wird für eine Menge Dinge benutzt – für Kleider, Maschinen und so weiter. Sie werden immer noch ihren Profit machen.«

»Das ist ja toll«, sagte Helen.

»Aber ich glaube, es ist schon zu

spät«, sagte Tonne. »Seht nach draußen.«

Etwa zwei oder drei Meilen entfernt näherte sich über das Feld eine Reihe von elektrischen Wagen. Als die Kinder genauer hinsahen, schoß plötzlich aus einem der Wagen ein helles Licht hervor, und im nächsten Moment waren die Pflanzen zwischen den Wagen und dem Hypertrans verbrannt.

»Die Farmer greifen uns an!«

»Wir müssen einen Hypersprung machen – schnell!« schrie Tonne.

»Das können wir nicht. Ich habe den Computer reprogrammiert. Es würde eine Ewigkeit dauern, das Programm wieder zusammenzubekommen.«

Die Schreibmaschine begann zu arbeiten. Die Kinder eilten hinüber, um zu sehen, was sie schrieb. Sie lasen:

WAS WAR DAS

Strubbel dachte eine Minute nach, dann schrieb er:

Ich werde angegriffen

»Zur Zeichensetzung sind wir noch nicht gekommen«, erklärte er. Die Schreibmaschine arbeitete weiter.

WER GREIFT AN

Unilon-Farmer

KANNST DU GEGEN DIE UNILON FARMER KÄMPFEN

Nein

Dann schwieg die Schreibmaschine. Von den Elektrowagen wurden weitere Schüsse abgefeuert, und diesmal wurden Pflanzen ganz in der Nähe versengt.

»Was tun die Würmer?« fragte Tonne.

Sie blickten alle hinüber. Die Herde von Würmern, die einen Moment zuvor noch friedlich gegrast hatte, setzte sich nun in Bewegung. Die großen Ungetüme irrten einige Minuten offensichtlich träge umher. Dann sahen die Kinder, daß die Tiere sich in einer Reihe formierten.

Die Monstren bewegten sich langsam auf die Farmer zu. Die Schüsse waren nun auf die Würmer gerichtet, doch obwohl einige ihr Ziel trafen, beachteten die Würmer sie nicht.

Einige der Elektrowagen hielten an, dann standen sie einer nach dem anderen.

Der Wurm an der Spitze erreichte einen Wagen. In der Ferne erkannten die Kinder, daß der Wurm sein riesiges Maul öffnete. Das Maul verschlang den Wagen, und dann trottete der Wurm weiter.

Die anderen Wagen machten kehrt und flohen.

»Großer Gott!« sagte Strubbel.

Plötzlich befand sich ein anderes Hypertrans neben ihrem Gefährt. Onkel Grigorian trat heraus. Helen lief auf ihn zu und fiel ihm um den Hals.

»Dem Himmel sei Dank, daß du da bist«, sagte sie und begann zu weinen.

»Schon gut«, sagte Onkel Grigorian. »Aber mein Ehrenwort, es hat eine lange Zeit gedauert, um euch drei zu finden. Was in der Galaxis habt ihr nur vorgehabt?«

Sie waren wieder in dem Raum mit dem roten Teppich und den Bildern an der Wand. Nachdem sie gegessen, gebadet, geschlafen und wieder gegessen hatten, fühlten sie sich alle wie neugeboren. Helen hatte sogar den Wurm-Eintopf vergessen.

Swen Harliss erklärte: »Die Farmer und der Unilon-Konzern haben den Kompromiß akzeptiert, den Strubbel ausgehandelt hat. Ich freue mich darüber. Ein Forscherteam hat die wirklich wunderbare Kommunikationseinheit übernommen, die ihr im Hypertrans aufgebaut habt. Im Augenblick sprechen sie gerade mit dem Planeten. Sie hoffen, eine Menge lernen zu können. In der Zwischenzeit haben unsere

Astronomen eine geeignete Sonne gefunden, die die Wurm-Welt umkreisen kann.« Harliss deutete auf eine Sternenkarte auf dem Tisch. »Sie liegt im Parmic-Sektor. Die Sonne kann erreicht werden, ohne daß die Wurm-Welt anderen Sonnensystemen gefährlich nahe kommt. Diese Sonne besitzt schon zwei Planeten, die aber weder eine Atmosphäre haben noch irgendwelches Leben aufweisen. Ihr habt eure Aufgabe erledigt, hervorragend erledigt. Was möchtet ihr jetzt tun?«

Die Kinder schauten erst einander an, dann blickten sie zu Onkel Grigorian hinüber. Tonne sprach für sie alle.

»Können wir nach Hause fliegen?« fragte er.

Am frühen Morgen kehrten sie zu dem Farmhaus zurück, und Mrs. Rhys machte ihnen das übliche üppige Frühstück.

Als sie in der vertrauten Küche saßen, erschienen ihnen die Ereignisse der letzten Tage wie ein Traum. Aber gelegentlich streichelte Tonne seinen Klacks, als wollte er sich vergewissern, daß alles wirklich geschehen war.

»Natürlich werdet ihr nun immer eure

Power-Gabe haben«, sagte Onkel Grigorian und entzündete seine Pfeife. »Ihr müßt euch aber eurer Verantwortung bewußt sein, wenn ihr sie benutzt.« Er verstummte und zog eine Weile an seiner Pfeife. »Doch ich denke, ihr seid in der letzten Woche sehr erwachsen geworden.

Strubbel, du mußt es bei solchen Dingen wie Spielen sehr geschickt anstellen. Wenn du jeden mit leichter Hand besiegst, dann wird dir das zu Kopfe steigen, und niemand mag einen eingebildeten, arroganten Kerl. Verliere also beim Schachspiel gelegentlich, damit die Leute nicht mißtrauisch werden.

Helen, du hast gelernt, herauszufinden, was den Leuten durch den Kopf geht. Es ist nicht immer ein ausgesprochenes Vergnügen, so etwas zu wissen. Du wirst feststellen, wie gemein die Leute sein können. Du mußt versuchen, alles wohlwollend zu sehen.

Tonne – ich habe keine Ahnung, was du mit Klacks anstellen willst. Ich glaube nicht, daß du ihn mit zur Schule nehmen darfst. Doch er wird schon glücklich mit dir sein, wenn er dich jeden Abend sieht. Stelle ihn auf ein Regal in deinem Zimmer und erzähle den Leuten, er sei ein Schmuckstück.«

Die Kinder nickten mit ernsten Gesichtern. Für Onkel Grigorians Verhältnisse war es eine sehr lange Rede gewesen.

»Also«, sagte er, und sein feierlicher Gesichtsausdruck wich einem schelmischen Grinsen. »Was würdet ihr heute gerne machen?«

»Wie wär's mit einer neuen Fahrstunde?« fragte Strubbel.

Aus irgendeinem Grund fand Onkel Grigorian das komisch. Er lachte und lachte, bis seine Pfeife erlosch.

ENDE